KB045886

아마노 세이주 Amano Seiju
일러스트 나루미 나나미
캐릭터 원안·만화 모스콘부

반에서 가장 싫어하는 여자애와 결혼하게 되었다.

3

"장외난투는 안 돼!"

이시쿠라 히마리
Himari Ishikura

"저, 저기……
기, 기다렸지……."

차분하고 조심스러운 발걸음으로
아카네가 계단을 내려왔다.
수줍어하는 얼굴로 난간에 몸을 기댄 그녀는
평소와는 다른 분위기였다.

**평소와 다른 아카네를 본 사이토는**

그 약지에는 선물했던 반지가 끼워진 채
시원스레 빛을 발하고 있었다.

## "에헤헤……"

아침 햇살에 녹아드는 듯한 미소에 사이토의 피로가 싹 사라졌다.

상쾌한 아침과는 거리가 먼,
달달함으로 숨이 막힐 것 같은 공기가 침실에 가득 찼다.
아카네와의 거리도 평소보다 가까운 탓에
그녀의 달콤한 열기가 풍겨왔다.

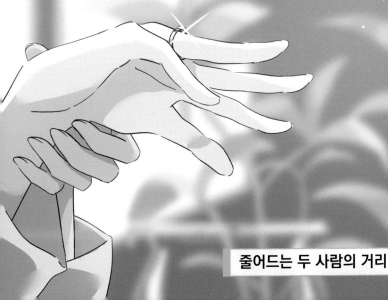

**줄어드는 두 사람의 거리**

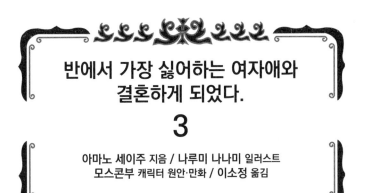

# 반에서 가장 싫어하는 여자애와
# 결혼하게 되었다.
# 3

아마노 세이주 지음 / 나루미 나나미 일러스트
모스콘부 캐릭터 원안·만화 / 이소정 옮김

소미미디어

커버 그림, 본문 일러스트 | **나루미 나나미**
만화 | **모스콘부**

"반지, 방해되지 않아?"

여섯 살의 사쿠라모리 아카네는 요리하는 어머니 옆에서 고개를 갸우뚱했다.

어머니의 왼손 약지에는 은빛 결혼반지가 반짝였다. 집 안일을 할 때도 목욕을 할 때도 아카네와 놀아줄 때도 어머니는 언제나 그 반지를 끼고 있었다.

"왜 방해라고 생각하는 거니?"

눈을 가늘게 뜨며 묻는 어머니.

"딱딱해서 아플 것 같고 장갑 끼기도 힘들 것 같아."

"아프지는 않단다. 처음엔 좀 신경 쓰이지만 머지않아 손가락이 적응하거든."

"하지만 엄마, 내가 손가락을 고무줄로 묶었을 때 화냈 잖아.『울혈』이라는 게 생겨서 손가락이 썩을 거라고. 나 엄마 손가락 썩는 거 싫어."

아카네가 열심히 주장하자 어머니가 키득키득 웃었다.

"반지는 딱 맞게 크기를 맞추니까 울혈은 안 생긴단다."

"하지만……."

진심으로 걱정하는데 웃다니, 하며 아카네는 뺨을 부풀 렸다.

아카네의 머리를 어머니가 어루만졌다.

"고마워, 아카네는 상냥하구나."

"상냥하지 않아!"

"상냥해. 동생도 잘 돌봐주고 장차 좋은 신부가 될 거야."

"신부 같은 거 안 할 거야. 나는 계속 이 집에 있을 거니까."

아카네는 어머니를 무척 좋아했다. 어머니의 손에서 온갖 음식이 탄생하는 모습은 아무리 봐도 질리지 않았다.

가족과 시간을 자주 보내는 아버지도, 귀여운 세 살짜리 여동생도, 아카네는 전부 다 좋았다. 그런 가족이 있는 장소를 떠난다는 건 상상도 할 수 없었다.

어머니는 요리하던 손을 멈추고 의자에 앉더니 아카네를 무릎 위로 안아 올렸다.

"반지는 말이지, 가장 좋아하는 사람의 『마음』이야."

"마음……?"

"그래. 아빠가 엄마를 소중하게 생각해서 인생의 동반자로 선택해준 거지. 앞으로 무슨 일이 있더라도 끝까지 함께하겠다는 결심의 증거란다."

"마음은 어디 들어 있어?"

아카네가 어머니의 손을 들고 여러 방향에서 반지를 살폈다. 가늘고 심플한 반지의 외관에서는 그런 중요한 게 숨겨진 것처럼 보이지 않았다.

"마음은 들어 있는 게 아니란다. 느끼는 거지."

"어떻게?"

"아카네가 소중한 사람을 생각하면 가슴 언저리가 따끈따끈해지는 거야."

"엄마나 아빠, 여동생을 말하는 거야?"

"가족도 물론 중요하지만, 그보다 더 특별한 사람. 처음부터 함께 있었던 사람이 아니라, 스스로가 아카네와 함께 있고 싶다고 진심으로 생각해주는 사람이야."

"난 우리 가족이랑만 같이 있고 싶어."

아카네가 입을 삐죽이며 어머니에게 매달렸다.

어머니는 아카네를 껴안고 미소 짓는다.

"지금은 그럴지도 모르지. 하지만 아카네는 정이 많은 아이니까 분명 언젠가 누구보다 함께 하고 싶은 사람이 나타날 거야."

".................?"

그 무렵의 아카네는 어머니의 말뜻을 알아듣지 못했다.

그저 어머니의 반지가 너무 예뻐서, 그 따스한 빛에서 눈을 떼지 못했다.

사이토는 취침 전에 침대에서 책을 읽는 습관이 있다.

소란스러운 일상에서 벗어나 조용히 책장을 넘기다 보면 의식이 글의 바다로 빠져든다. 머릿속이 차분히 정리되어 기분 좋게 잘 수 있었다.

오늘 밤도 사이토는 적당한 부분까지 읽은 책을 덮어 침대 옆 테이블에 놓았다. 이불 속으로 들어가, 옆에 있는 소녀를 슬쩍 바라본다.

고등학생이자 사이토와 부부인 아카네는 침대까지 참고서를 가져왔다. 시트 위에 팔꿈치를 괴고 누운 채 베개에 놓인 참고서를 응시하고 있다.

"아직 안 자?"

"수업에서 틀린 문제가 있어서 복습해 두려고. 먼저 자."

"그렇게 밤새다 또 쓰러진다."

"난 밤새다가 쓰러진 적 없어."

"있었어! 열까지 펄펄 나면서!"

아카네가 당당한 얼굴로 말했다.

"설사 그렇다 한들 난 같은 실수를 되풀이하는 사람이 아니야."

"바로 지금 같은 실수를 하려고 하잖아! 어리석은 인류의 대표적 사례라고!"

"무례하긴! 바보라고 하는 쪽이 바보야!"

"초딩이냐!"

침대 위에서 서로 노려보는 아카네와 사이토. 모처럼 서로 온화한 분위기가 되었는데 이런 심야에 부부 싸움을 하고 있으면 말짱 도루묵이다.

"너무 무리하지 마. 공부라면 내가 알려줄 테니까."

"거절이야! 항상 너 때문에 전교 2등을 하고 있으니까! 적의 손은 빌리지 않아!"

아카네가 참고서를 끌어안고 어깨를 곤두세웠다.

"적은 아니지, 부부잖아."

"적이야! 여기가 전쟁터였다면 넌 지금쯤 바비큐가 돼 있었을걸!"

"여기가 전쟁터가 아니라 다행이네⋯⋯."

사이토는 진심으로 그렇게 생각했다.

아카네가 턱을 괸 채 생각에 잠겼다.

"아니, 어쩌면 넌 이미 바비큐가 된 걸지도 몰라⋯⋯. 난 인간이 아니라 바비큐랑 대화하는 걸지도⋯⋯."

"정신 차려. 공부를 너무 해서 뇌가 망가졌냐."

"난 늘 정신 차리고 있어. 적어도 흐리멍덩한 너보다는."

"그런 뜻이 아니라⋯⋯."

아카네의 변함없는 태도에 사이토는 황당한 기분이었다.

히마리와 데이트를 가는 척했을 때 울면서 사이토를 말린 건 뭐였던 걸까. 조금은 질투해줬다는 느낌을 받은 건 착각이었을까.

사이토는 아카네의 속내를 알 수가 없었다. 솔직히 내

마음도 모르겠는데 남의 속내를 알 리가 없다.

고등학교 1학년 때부터 아카네가 사이토를 라이벌로 삼고 있는 건 확실하다. 그리고 지금도 그건 변하지 않은 것 같다. 온화한 결혼 생활을 하려면 휴전할 필요가 있다.

사이토는 말을 고르며 설득하기 위해 애썼다.

"저기…… 말이지. 누누이 말하지만 난 너와 경쟁할 생각 없어."

"난 있어."

아카네가 입술을 삐죽거린다.

"시험은 학생의 실력을 재기 위한 거니 너무 잘하려고 하면 본래의 목적에서 벗어나게 돼. 평범하게 수업을 들었는데 점수가 나쁘면 그 정도의 실력이라는 거지."

"뭐라고?! 지금 시비 걸어?!"

"안 걸었어. 스스로 무리 없는 선에서 받을 수 있는 점수로 만족하는 것도 방법이라는 거야. 우리 학교에서 학년 2등이면 어지간한 대학은 다 갈 수 있으니까 충분하잖아."

"요컨대 네 분수를 알라는 거잖아?! 시비를 건다면 받아줄게! 종목은 프로레슬링으로 괜찮겠지?!"

샤악, 하고 두 손을 번쩍 들며 전투태세를 갖추는 아카네. 하지만 그 포즈는 프로레슬링이라기보단 털을 곤두세운 길고양이에 가까웠다.

"좀 진정해! 심야에 여자랑 프로레슬링 하는 취미는 없어!"

"자기가 압승할 수 있다고 얕보는 거지? 그건 모욕이야!"

"내가 언제! 체력이 완전히 다르잖아!"

"난 맨손으로 차를 찌그러뜨릴 수 있어!"

"고릴라냐!!"

하지만 고릴라라도 차를 파괴할 수 있을지 어떨지는 알 수 없다. 적어도 아카네의 가느다란 팔로는 오렌지를 으깨 기조차 어려워 보였다.

"아무튼! 아무리 나한테 공부를 알려주려고 해도 소용없어! 내 힘으로 널 쓰러뜨리기 전까지 난 절대로 포기하지 않을 테니까!"

아카네가 매섭게 쏘아붙였다.


3학년 A반 교실.

4교시 수업이 끝나자마자 히마리가 사이토의 책상으로 다가왔다.

"사이토, 사이토! 도시락 싸 왔는데 먹어줄 수 있을까?"

"뭣, 잠깐……."

사이토가 주춤했다.

최근 히마리의 접근이 거침없었다. 사이토가 히마리의 데이트 신청을 거절했다는 소문이 퍼지지 않은 것은 다행이지만, 모두가 있는 앞에서 이런 상황이 벌어지면 주목을 받을 수밖에 없었다.

"히마리가 도시락을……?" "설마 히마리……." "어, 몰랐어? 누가 봐도 그거잖아." "히마링 화이팅!" "호조오오오!

어떻게 된 거냐아아아!" "사이토는 죽인다. 무조건."

깍깍거리는 여자, 저주를 뿜어내는 남자. 교실이 소란스러운 공기에 휩싸였다.

지우개나 고무줄 같은 것이 날아와서 성가셨다.

"나도 도시락은 가져왔는데……."

책상에는 이미 사이토의 도시락통이 놓여 있었다.

"사이토는 남자니까 100인분 정도는 먹을 수 있잖아?"

"남자의 위장을 과대평가하지 마. 평범하게 찢어져."

"오빠의 도시락이라면 시세에게 맡겨."

"부탁해!"

엄지를 척 세우는 시세이와 히마리.

"본인 허락도 없이 멋대로 결정하지 마."

"시세가 오빠 마음을 읽었어. 『난 히마리의 도시락을 먹고 싶어. 내친김에 히마리도 먹고 싶어』라고 말하고 있어."

"어쩜…… 사이토도 참……."

히마리가 두 손으로 뺨을 감싸며 얼굴을 붉혔다.

"본인 허락도 없이 마음의 소리를 날조하지 마!"

"시세는 오빠의 모든 걸 알고 있어. 오빠가 모르는 부분까지 알고 있어. 시세를 믿어."

"믿을게!"

하이파이브를 나누는 시세이와 히마리.

"그만둬! 그러다 토지도 지금도 다 털린다!"

사이토는 악질 영매사를 구속하려고 했지만, 시세이는

작은 몸집을 살려 쏙 빠져나가서는 여자들의 벽 너머로 피신해 버렸다. 이들은 광신도적인 『시세이짱 팬클럽』, 신병 인도에는 응하지 않으리라.

히마리가 책상에 쪼그리고 앉아 슬픈 얼굴로 사이토를 바라본다.

"한입만이라도 먹어줄 수 없을까……? 사이토가 기뻐해 줬으면 해서 열심히 만들었는데……."

"윽……."

망설이는 사이토.

반 아이들이 엄호사격에 나섰다.

"호조! 히마리 마음을 받아줘!" "여기서 도망치면 용서 안 한다!" "남자답게 가라고, 호조!" "다른 남자들 몫까지 행복해져라!"

저마다 한마디씩 외치며 포위망을 좁혀온다. 응원 열기에 섞여 흩날리는 살의. 이대로라면 교실에서 무사히 탈출하기도 어렵다.

무엇보다 사이토는 단호하게 거절해서 히마리를 슬프게 하고 싶지 않았다. 데이트는 확실하게 거절했지만, 히마리를 인간 대 인간으로 좋아했고 앞으로도 잘 지내고 싶었다.

"……알았어. 먹을게."

"고마워~!"

기쁨에 환호하는 히마리.

"네가 감사할 일은 아니지만……."

여전히 사람 좋은 모습에 사이토가 쓰게 웃었다.

히마리는 화려한 외모로는 상상할 수 없을 만큼 온화한 성격에 특별히 눈에 띄는 결점도 없다. 히마리처럼 매력적인 소녀의 권유를 거절하는 건 마음이 아프다.

──적어도 도시락 정도는 다 먹어줘야지.

사이토가 그렇게 생각하고 있는데 히마리가 책상 위에 도시락통을 펼쳐 보였다.

"짜잔~! 히마리 특제 생고기 도시락이야!"

"⋯⋯⋯⋯⋯⋯⋯?!"

사이토가 얼어붙었다.

눈앞에 자리 잡은 것은 커다란 도시락통에 가득 담긴 생고기, 그리고 생마늘. 쌀밥 같은 타협은 일절 포함되지 않았다.

"이게⋯⋯ 뭐야⋯⋯?"

"말했잖아~, 생고기 도시락이야."

히마리가 해맑은 미소와 함께 선언했다.

"네가⋯⋯ 만든 건가⋯⋯?"

"응! 열심히 만들었어!"

"아니, 안 만들었잖아! 조리된 흔적이 없어! 그냥 집어넣은 것뿐이지!"

길가의 들풀을 따 먹는 데는 거부감이 없는 사이토였지만, 생고기를 기꺼이 먹을 만한 야성미는 없었다. 사바나의 사자가 아니기 때문이다.

히마리가 손을 입가에 가져가며 눈에 띄게 당황했다.

"어…… 하지만…… 사이토는 생고기랑 마늘을 좋아한다고……."

"대체 누가 그런 정보를?!"

"그게……."

한순간 히마리의 시선이 아카네 쪽을 향했다.

──네놈! 날 죽일 셈이냐!

사이토가 아카네를 노려보자 아카네가 시선을 돌린다. 자신의 도시락통을 소중히 품에 안고 학생들 뒤를 지나 교실에서 빠져나가려 한다.

──기다려! 도망치지 마! 책임을 지라고!

텔레파시를 보내는 사이토. 절레절레 고개를 흔드는 아카네.

히마리가 미소를 지으며 생고기 도시락을 내밀었다.

"사이토. 얼른 먹어봐. ♪"

"나는 죽는 건가……?"

사이토는 금세기 최대의 위기를 느끼고 있었다. 적의를 드러내는 아카네보다 선의로 가득한 히마리가 더 위험하다는 건 예상 밖이었다.

"안 죽어~. 사이토가 없으면 내가 곤란한걸. 자, 아앙~."

히마리가 젓가락으로 생고기를 집어 사이토의 입가로 가져갔다.

웅성거리는 남학생들.

"호조! 먹어! 먹는 거다!" "너라면 할 수 있어!" "어차피 여기까지 온 거 피할 수 없어!" "이시쿠라의 『아앙』이라니 수많은 남자가 꿈꿨지만 이루지 못한 지상낙원이라고!"

"그럼 너희들이 먹어!"

""""그건 거절한다!!""""

사이토 주변 남학생들이 일제히 멀어졌다. 반에서 인기 많은 히마리를 아무리 동경할지라도 사자가 될 용기는 없나 보다.

시세이가 조용히 사이토를 올려다보았다.

"오빠, 남길 말은?"

"『익은 고기도 다시 보자!』"

사이토가 절명시(라고 하기엔 부족한 무언가)를 읊으며 각오를 다지고 생고기를 덥석 물었다.

"이건…………?!"

눈을 번쩍 뜨는 사이토.

매장 팩에 담긴 걸 그대로 옮긴 것이 아니다.

이 고기는 확실하게 조리되어 있었다.

약간의 탄력이 느껴지는 걸 보아 타타키*처럼 한번 가열했다는 걸 알 수 있었다. 식감은 고기 초밥 같은 느낌이지만 향긋한 생명의 에너지도 잃지 않았다.

고기 안쪽에 느껴지는 산미…… 이 산뜻함은 감귤류와 식초를 혼합한 것 같은데 확실하진 않다.

---

*일본의 조리법 중 하나. 겉만 살짝 익혀서 먹는 방식.

표면에는 알싸한 향신료를 뿌려서 고기의 비린내를 없애고 맛있는 맛만 남겼다.

떨리는 사이토의 입술에서 말이 새어 나왔다.

"맛있……."

"사이토?! 왜 그래?!"

"히마……리……. 훌륭히 성장했구나……. 더는 가르칠게…… 없다……."

풀썩, 책상 위로 쓰러지는 사이토.

"사이토?! 왜 죽는 거야?! 맛있었으면 죽지 마~!"

히마리가 사이토의 몸을 흔들었다.

사이토는 무사히 소생했다.

"너무 놀라서 잠깐 정신을 잃었어. 제대로 된 인간의 음식이었네."

"당연하지! 사이토에게 이상한 음식을 먹일 리가 없잖아!"

"이 고기는 초절임을 한 건가?"

히마리가 고개를 끄덕였다.

"발사믹 식초에 레몬이랑 유자를 섞고 저온 조리한 고기를 잠시 담가놨어."

"그렇군……. 그래서 고기에 좋은 향이 배어 있었구나. 겉의 양념은 고추냉이야?"

사이토가 생고기를 관찰했다.

"겨자소스야. 내가 알바하는 카페의 특제 겨자소스를 받아왔거든. 같은 반 남자애한테 도시락을 싸줄 거라고 하니까 점장님이 기쁘게 울면서 『항아리째 전부 가져가!』
라고 했어."

　아무래도 히마리는 학교 밖에서도 사랑받고 있는 것 같다.
좋은 의미로 팔방미인 같은 성격을 보면 납득이 간다. 적극
적으로 적을 만들어가는 스타일의 아카네와는 정반대다.

　"너 알바하고 있었어?"

　"응, 엄청 멋진 찻집 카페야. 가끔 방과 후에 아카네랑 차
를 마시러 가기도 하거든. 사이토도 다음에 오지 않을래?"

　사이토가 머리를 긁적였다.

　"카페 같은 곳엔 잘 안 가서."

　"그럼 내가 이것저것 알려줄게! 홍차의 종류나 맛있는
메뉴 같은 거!"

　"나는 콜라랑 감자 칩 쪽이 더 취향이라서."

　"뭐야~. 뭐든 도전해보는 편이 더 즐거울 텐데."

　히마리가 입을 삐죽 내밀었다.

　"뭐, 됐어! 다른 것도 먹어봐! 겨자소스 말고도 다양하게
섞었거든."

　젓가락으로 고기를 집어 사이토의 앞에 내민다.

　"내가 직접 먹을 수 있어."

　"괜찮으니까~ ♪ 이 누나한테 맡겨~ ♪"

　히마리가 사이토의 책상에 팔꿈치를 괴고 장난스럽게
웃었다.

　"너 나보다 연하잖아."

학년은 같지만, 사이토는 18살, 히마리는 17살일 터였다.

"앗, 내 생일을 알고 있구나! 혹시 나 좋아해?"

"그런 거 아니야. 1학년 때 아카네랑 히마리가 생일 얘기를 하는 걸 우연히 들었어."

히마리가 사이토를 보며 달콤하게 속삭인다.

"그것만으로 지금까지 기억하고 있다니 역시 좋아하는 거 맞네."

"아니라고 했잖아."

"농담이야~ ♪ 그래도 기억해줘서 기쁘다."

"……윽."

얼굴을 붉히며 수줍어하는 히마리의 모습에 사이토는 목덜미가 뜨거워지는 것을 느꼈다.

"빈틈 발견!"

"우읍."

반쯤 열린 입에 히마리가 지체 없이 고기를 집어넣었다.

고기를 우물거리는 사이토.

"이번엔 유자 후추 맛인가……. 잘 어울리네……."

"에헤헤~, 그렇지? 좀 더 먹어, 전부 먹어~ ♪"

히마리가 싱글벙글한 얼굴로 사이토의 입에 계속 고기를 실어 날랐다.

"어때? 반 여자애가 점심을 먹여주는 기분은?"

"제비 새끼가 된 기분."

"그렇다는 건 내가 사이토의 엄마?! 음, 그것도 괜찮을

지도!"

"괜찮지 않아."

하지만 나쁜 기분은 아니었다. 데이트를 거절한 걸 사과하고 싶기도 했고, 히마리가 즐거워 보이니 문제없겠지.

"보, 본인 도시락도 가져왔으니까 그쪽도 먹어!"

그때 불쑥 아카네가 책상으로 다가와 사이토의 도시락통을 열었다. 그러고는 사냥감을 찔러 죽일 듯한 기세로 햄버그스테이크를 젓가락에 찔러 사이토의 입에 쑤셔 넣었다.

"크헉······!"

자칫하면 목에 젓가락이 관통당할 뻔한 것을 순간적으로 몸을 뒤로 빼서 대미지를 줄였다. 이런 기술까지 써야 한다니, 더는 점심 식사가 아닌 격투기 현장이었다.

"무, 무슨 짓을······."

"어때?! 반 여자애가 점심을 먹여주는 기분은?!"

아카네가 손을 허리에 얹으며 물었다.

"사형수가 된 기분이군."

"그래, 넌 이제 죽는 거야! 온몸에 빈틈없이 도시락통을 쑤셔 넣은 채로!"

"도시락이 아니라 도시락통을?! 대체 어떤 죄를 지으면 그런 장렬한 고문을 당하는 건데?!"

사이토는 자신의 삶을 돌이켜 보았지만, 그 정도의 업보를 진 기억은 없다.

히마리가 입가에 손을 가져가며 중얼거렸다.

"아카네…… 혹시 질투하는 거야?"

"뭐뭣?! 무무무슨 소리야?! 내내내가 지지질투 같은 걸 할 리가 없지 않지 않잖아!"

너무 동요한 나머지 혼자 부르는 돌림 노래처럼 돼 버렸다. 아카네는 땀을 줄줄 흘리고 있었다.

반 아이들이 웅성거린다.

"사쿠라모리 씨가 질투……." "부부 만담 콤비에 도전장을 내민 거니까……." "치정극……." "이게 바로 사랑싸움……!"

"아니야!!"

새빨개진 아카네가 반 아이들을 향해 소리쳤다.

히마리가 아카네의 어깨에 툭 손을 올렸다.

"괜찮아. 나는 알고 있어."

"히마리……."

표정을 푸는 아카네.

히마리가 힘껏 아카네를 껴안았다.

"내가 사이토랑만 친하게 지내고 아카네를 내버려 둬서 질투한 거지! 괜찮아, 난 아카네를 정말 좋아하니까!"

"아아, 정말! 이제 그걸로 됐어!"

아카네는 체념한 듯한 모습이었다.

히마리가 젓가락으로 계란말이를 집어 아카네의 입가로 가져갔다.

"자…… 아카네. 입 벌려……."

아카네의 턱을 손가락으로 들어 올려 다정하게 속삭인다.

"자, 잠깐, 다들 보는 앞에서 이런……. 부끄러워……."

아카네는 연약하게 항의하면서도 도망치려 하지 않았다. 그 입술 사이로 계란말이가 스윽 들어가고, 하얀 목이 꿀꺽 울렸다.

히마리가 아카네의 입술을 손가락으로 닦아주며 미소 짓는다.

"후후…… 아카네, 맛있어……?"

"응…………."

아리따운 소녀들 사이에 감도는 야릇한 분위기.

수많은 남자가 새된 함성을 지르며 춤을 추기 시작했다. 신에게 바치는 축제의 춤이다.

"난 대체 뭘 보고 있는 거지……."

소녀들의 요염한 자태에 사이토는 당황했다.

게다가 그 계란말이는 사이토의 도시락통에서 멋대로 가져간 것이다. 아카네가 만든 계란말이를 아카네가 먹고 있는 것뿐이니 법적으로는 아무런 문제도 없지만.

"맛나…… 고기…… 맛나……."

모두가 아카네와 히마리의 꽁냥거림에 넋을 잃고 있는 사이 시세이는 착실하게 히마리의 고기 도시락을 모두 먹어 치웠다.


5교시 수업이 끝났다.

히마리가 휘청휘청 걸어와 사이토의 책상 위에 엎어졌다.

"하아, 오늘 수학도 어려웠어. 머리가 지끈거려~."

녹초가 되어 책상에 철퍼덕, 완벽한 그로기 상태였다. 팔찌를 찬 하얀 팔이 책상을 떠도는 모습은 청렴하고 건전한 배움터와는 어울리지 않게 요염했다.

"내 책상에서 자려고 하지 마. 보건실에서 자."

"에이, 하지만 사이토 곁에 있는 편이 더 빨리 기운이 나는데."

"너 말이야……."

그런 대사를 스트레이트로 날리지 말라고, 라고 사이토는 생각했다. 연애에 익숙하지 않은 사이토는 공격력이 높은 언동에 익숙하지 않았다.

"수학은 공부 안 해도 되지 않을까? 어른이 되도 쓸 일이 없을 것 같아."

"공부를 싫어하는 자의 전형적인 사고방식이네. 그래도 많이 쓰잖아."

"으음, 내가 들어갈 만한 직장이라면 덧셈이랑 뺄셈 정도밖에 안 쓸 것 같은데."

"아니, 포기하지 마! 조금 더 꿈을 가지라고!"

고등학교 3학년과는 어울리지 않는 중년 수준의 달관에 사이토도 당황했다.

"사이토가 그렇게 말한다면…… 알았어. 나 우주비행사가 될래!"

"갑자기 엄청난 위를 목표로 잡았네……."

지구인의 대표 같은 느낌의 직업이었다.

기운이 좀 났는지 히마리가 책상 위에서 몸을 일으켰다.

"우주비행사는 무리겠지만 슬슬 성적을 챙기지 않으면 위험해. 지난번 실력 고사도 전 과목 낙제점이었고."

"그건 진짜로 위험하네."

사이토가 몸을 떨었다.

"선생님한테 『답안을 전부 무작위로 찍은 것보다 더 점수가 낮아서 굉장해』라고 칭찬받았어."

"그건 칭찬받은 게 아냐."

"1학년 때부터 사이토는 학년 톱이었지. 나한테 공부 좀 알려주면 안 돼?"

"그 정도는 딱히 상관없지만……."

히마리가 크게 기뻐하며 사이토의 손을 잡았다.

"그러면 말이야, 방과 후에 내 집에서 공부하자!"

"집……?"

"오늘은 아빠도 엄마도 없고, 단둘이니까 괜찮아♪"

"뭐가 괜찮은 건진 모르겠지만, 정말 공부할 생각 있어?"

"공부할 상황이 아니게 될 수도 있겠네~♪"

아하하, 하고 꿋꿋하게 웃는 히마리.

사이토는 한숨을 쉬었다.

"좀 봐줘. 자꾸 그렇게 놀리지 마."

"놀린 거 아닌데? 진심이야."

히마리가 사이토에게 얼굴을 바싹 들이밀고는 가만히 눈동자를 바라본다. 열에 달아오른 듯한 뺨과 그녀에게서 풍기는 향수 향에 사이토는 심란한 기분을 느꼈다.

"……데이트는 분명 거절했지?"

"날 반드시 좋아하게 만들 거라고도 했었지."

드물게 호전적인 어조도 가까운 거리에서 듣기엔 자극이 지나치게 강했다.

히마리가 눈을 가늘게 뜬 채 입술을 삐죽였다.

"아니면 사이토는 무서운 거야? 나한테 어프로치 당하면 금방 반해버릴까 봐."

"뭐? 무서울 리가 있겠냐."

도발에 도발로 응수하는 사이토.

"정마알~? 사실은 두근거리는 거지?"

"안 그래."

"심장 소리, 들어봐도 돼?"

"하지 마."

가슴에 귀를 대려는 히마리를 사이토가 손바닥으로 눌러 막았다. 그런 일을 당하면 도저히 평정심을 유지할 수 없을 것 같았다.

"우리 집이 안 된다면 방과 후에 도서실에서 만나는 건 어때?"

히마리의 교섭에 사이토가 고민했다.

"도서실이라……. 사람은 적지만 교내니까……."

강한 어조로 히마리가 또 다른 조건을 제시해왔다.

"만지지 않을게! 노터치를 약속합니다!"

"무슨 소릴 하는 거야."

"하지만 사이토 쪽에서 만지는 건 괜찮아."

"정말 넌 무슨 소릴 하는 거야?"

언제나 다정하고 빈틈없는 인격의 소유자라는 히마리의 이미지가 소리를 내며 무너져 갔다.

하지만 폭주하고 있는 히마리도 나름대로 사랑스럽다. 그녀가 온 힘으로 밀어붙이는 권유를 사이토가 뿌리칠 수 없을 정도로는.

"뭐, 도서실이라면 괜찮아."

"신난다~! 사이토와 도서실 데이트~♪"

"데이트 아니야."

"데이트야! 내 안에서는!"

"자, 잠깐!"

사이토와 히마리가 말다툼하고 있는데 아카네가 끼어들었다.

고개를 갸우뚱하는 히마리.

"왜 그래?"

"저, 저기…… 그러니까……."

아카네가 우물쭈물하며 몸을 비틀었다. 평소 같은 기세와 달리 사이토와 히마리의 시선을 피하듯 눈을 돌린다.

"사, 사이토와 단둘이면…… 위험하지 않을까? 무조건

이상한 일을 당할 거야."

한 번도 저지른 적 없잖아! 라며 사이토가 속으로 반박했다.

모델급 미소녀인 아카네와 한 지붕 아래 살면서도 음심에 전혀 사로잡히지 않았다는 것은 칭찬받아 마땅한 일이라고 생각한다. 솔직히 지옥의 역습이 두려워 손을 댈 엄두도 못 낸다는 게 맞았지만.

히마리가 볼을 붉히며 양손으로 감싸 안았다.

"그, 그런가……? 그렇다면 기쁘지."

"넌 좀 더 자신을 소중하게 생각해."

사이토는 어이가 없었다.

"맞아, 이 녀석한테 속으면 안 돼! 방심했다가는 눈 깜짝할 새 돌이킬 수 없는 일이 벌어져서 불행한 학생 결혼을 해버릴지도 몰라!"

우리 이야기잖아! 하며 사이토가 식은땀을 흘렸다.

"고등학생 때 결혼이라니 말도 안 돼~. 그런 거 반 애들한테 들킨다면 난리 날 거야. 어쩐지 엄청 야시시한 느낌이고."

"야, 야시시……?!"

아카네가 귀까지 새빨개진다.

히마리가 턱에 손가락을 올리고 고개를 기울였다.

"그렇잖아? 결혼이라는 건 매일 밤 같은 침대에서 잔다는 거고, 서로의 냄새를 묻힌 채로 교실에 등교한다는 느낌이잖아?"

"내, 냄새……?"

아카네가 작게 몸을 떨며 교복에 코끝을 가져갔다. 사이토의 냄새가 나는지 확인하려는 것이겠지만 제발 지금만큼은 하지 말라고 사이토는 속으로 바랐다.

아카네가 검지를 들이밀었다.

"어, 어쨌든, 둘뿐인 건 좋지 않아! 불건전해!"

"그렇다면 아카네도 같이 공부하자!"

"어?"

히마리에게 손을 잡힌 아카네는 눈을 깜빡거렸다.

"학년 1위랑 2위한테 배우면 나도 3위 정도는 되지 않을까? 1+2=3이니까, 계산 맞지?"

"뭔데, 그 계산은."

"계산은 맞지만 모든 게 다 틀렸어."

사이토와 아카네가 의문을 제기했다.

"3위 자리를 노리는 불순한 놈인가."

라는 말을 하며 사이토의 무릎 사이에서 시세이가 얼굴을 내밀었다.

그 순간까지 기척이 전혀 없었기에 사이토는 허를 찔린 기분이었다.

"너, 어느 틈에……."

"모르는 것도 당연. 시세는 오빠 몸 안에 숨어 있었어."

"그건 너무 살벌하니까 그만하자."

"오빠의 간과 췌장의 중간 정도에 숨어 있었어."

"네 사이즈 신축성은 얼마나 강한 거야."

아무리 가족같이 가까운 존재라도 체내에 기생 당하는 것엔 사이토도 저항이 있었다. 가까운 사이에도 예의가 있으니 적절한 거리감은 유지해야 한다.

"그러고 보니 시세이는 쭉 3위였지! 시세이한테 배우면 1+2+3=6이니까 난 6위가 된다는 계산이 나와!"

"등수 떨어졌는데 괜찮은 거냐."

"괜찮아! 이래 봬도 덧셈 정도는 할 수 있거든!"

에헴 하며 가슴을 펴는 히마리.

덧셈 걱정은 하지도 않았던 사이토.

"이렇게 된 거 이 넷이서 스터디하자! 아카네 집에서!"

"우리 집?!"

아카네의 심장이 철렁했다. 겉으로 내색하진 않았지만, 사이토도 철렁했다.

"시세는 이의 없어. 아카네의 집에서 스터디…… 맛있는 음식 잔뜩……."

"식사 모임이 아니야."

시세이의 입에서 흘러넘치는 폭포수 같은 침을 사이토가 시세이의 손수건으로 받아주었다. 이미 책상은 침에 침식당해 무참한 상황이 되어 있었다.

"알고 있어. 제대로 개인 숟가락이랑 포크 들고 갈 거야."

"전혀 모르고 있잖아."

사이토와 마찬가지로 시세이 역시 수업만 잘 들으면 점수를 낼 수 있는 타입이었기에 별도 공부할 필요는 없었지만.

"아카네…… 어때? 집에서 같이 해도 괜찮을까?"

"저기…… 그건…….."

아카네가 힐끗 시선을 보냈지만, 사이토는 모른척했다. 여기서 눈길 교환이라도 하다가 관계를 의심받기라도 하면 큰일이었다.

"아카네가 싫다면 사이토랑 나 둘이서 도서관에 가겠지만……."

"맡겨줘! 자기주도 학습의 전문가인 내가 최고의 학습 환경을 만들어 줄게!"

아카네가 가슴을 두드리며 호언장담했다.


쉬는 시간, 아카네가 사이토의 책상 옆을 지나가며 속삭였다.

"빈 교실로 와. 할 얘기가 있어."

고개를 끄덕이는 사이토. 그럴 상황이 아니라는 걸 알면서도 첩보원 흉내를 내는 것 같아 가슴이 조금 두근거렸다. 밀실 작전회의는 스파이 영화의 기본이다.

반 아이들이 눈치채지 못하도록 3학년 A반 교실을 빠져나와 복도를 걸었다. 만약 뒤쫓는 자가 있으면 처리해야 했기에 뒤를 경계하며 나아간다.

빈 교실에 들어서자 아카네가 먼저 와서 기다리고 있었다.

벽에 등을 기댄 채로, 미간에는 주름이 져 있다.

"귀찮게 됐네. 설마 내 집에 사이토를 불러서 스터디를 하게 될 줄이야."

"내 집이기도 하다? 잊은 거 아니지?"

사이토는 불안해졌다.

아카네가 빙긋 미소 지었다.

"물론 기억해. 넌 그렇게 생각하고 싶겠지."

"소망이 아니라! 평범하게 나도 살고 있다고! 은근슬쩍 거주권 뺏으려고 하지 마!"

긴장을 늦추면 없었던 일이 되는 집이라니 웃을 일이 아니다. 지금 와서 본가로 돌아갈 수도 없고, 길거리를 떠도는 리스크만은 피하고 싶다.

"이런 식으로, 히마리에겐 사이토가 그 집에 살고 있지 않다고 여기게 해야 해. 너 연기 잘할 수 있어?"

"아아…… 벌써 연기가 시작됐던 건가……. 진심인 줄 알고 깜짝 놀랐네."

"설마 진심일 리가 없잖아."

아카네는 어깨를 으쓱했지만, 꽤 진심처럼 느껴진 사이토였다.

"무서운 건 전처럼 히마리가 일찍 도착하는 일이겠네."

"시간 약속을 해도 확실하지 않으니까……. 어쩌면 좋을까."

고민하는 아카네.

"일단 우리 둘이 개별 행동을 하자. 내가 히마리랑 같이 간식 같은 걸 사면서 시간을 벌 테니까, 너는 그 틈에 정리를 끝내둬."

"히마리랑 단둘이 쇼핑하고 싶다는 거야?! 그리고 두 사람은 커플 목도리를 함께 하고 밤거리로 사라지는 거야?!"

"네가 뭘 상상하는지는 전혀 모르겠지만, 그럴 생각은 없어."

어디서 목도리가 튀어나온 것인지가 특히 불분명했다.

"그럼 난 확실하게 집을 정리해 놓을게. 2층은 보이면 곤란하니까 계단에 출입 금지 테이프를 붙여 둬야겠어."

"KEEP OUT 테이프가 있으면 오히려 안을 들여다보고 싶어지잖아."

"어째서?! 사건 현장인데?! 경찰한테 혼날 텐데?!"

"우리 집에 경찰은 없어."

호기심을 지나치게 자극하는 건 피하고 싶었다.

"그럼 계단에 함정을 파두자. 밟자마자 화살이 날아오는 타입으로."

"죽는다고!"

"죽진 않아. 몸을 마비시키는 독은 발라두겠지만."

"집에 도둑 오는 게 아니지? 너랑 제일 친한 친구지?"

사이토가 지적하자 아카네가 헉하고 놀랐다.

"맞다, 그랬어! 조심해야지……."

"정말로 조심 좀 해줘……."

이미 사이토는 스터디에서 빠지고 싶은 마음이 굴뚝같
았다.


방과 후 사이토, 시세이, 히마리 세 사람은 편의점에 들
러 간식거리를 샀다.

사이토가 든 비닐봉지는 온갖 간식으로 터질 지경이었다.

"시세이, 엄청 샀네! 너무 많이 먹으면 아카네가 해준 밥
못 먹을 텐데?"

히마리의 조언에 시세이가 가슴을 펴고 대답했다.

"끄떡없어. 시세는 다 먹어 치우고 나서 아카네의 밥도
먹을 수 있어."

"밥 먹고 가는 건 확정이구나……."

"시세는 아카네도 먹을 수 있어."

"헉, 설마 시세이 너……."

볼에 홍조를 띠는 히마리.

"아카네는 먹지 마."

사이토는 배우자가 포식당하는 것을 저지했다. 아마 농
담이겠지만 시세이에 관한 일이니 만일의 경우도 생각해
야 했다.

히마리가 즐거운 듯 사이토의 옆을 걸었다.

"사이토, 아카네의 집에 가는 건 처음이지? 신축인데다
엄청 예뻐!"

"흐, 흐음. 그렇구나―. 그것참 기대된다―."

사이토가 굳은 목소리로 대답했다.

처음은커녕 매일 그 집에서 지내고 있지만 들킬 수는 없었다. 아카네와 결혼해 단둘이 산다는 사실이 반 아이들에게 알려지면 엄청난 소동이 날 거다.

히마리가 고개를 갸우뚱했다.

"그런데…… 좀 신기했어. 저번에 갔을 때 평소랑 분위기가 달랐다고 할지. 냄새라든가, 커튼 색 같은 게 별로 아카네의 집 같다는 느낌이 없었거든."

날카롭다, 하고 사이토는 초조함을 느꼈다.

"이, 이미지 변신이라도 한 거 아니야? 모처럼 이사도 했으니까."

"으음, 그런가. 그런데 찬장의 식기나 그릇 같은 것도 예전 집에 있던 거랑은 전혀 다른 것 같던데……. 이사한다고 보통 식기까지 바꾸나?"

"그건…… 이삿짐 업자가 전부 깨트린 거 아닐까……?"

"그런 곳엔 두 번 다시 부탁하고 싶지 않아!"

히마리가 겁에 질려 말했다.

도시락이 같다는 걸 간파당한 것도 그렇고 역시 그녀는 눈치가 빠르다. 히마리를 집으로 데려가면 허점이 드러나진 않을까, 하고 사이토는 식은땀을 흘렸다.

히마리가 걸음을 멈추고 가만히 사이토를 응시한다.

"그보다 사이토, 아카네의 집이 어딘지 알고 있구나."

"어? 무, 무슨 말이야? 전혀 모르는데."

"아까부터 길을 전혀 헤매지 않았잖아. 난 안내한 적도 없는데."

"아…… 아카네한테 주소를 물어봤거든. 집에서 스터디 하기로 결정 났을 때."

"그렇구나! 지도 없이도 길을 알다니 사이토는 굉장하네!"

히마리는 납득해 주었다. 눈치는 유달리 뛰어나지만, 근본적으로 성격이 솔직한 게 다행이었다.

사이토는 더 이상의 의혹을 받지 않기 위해 걸음 속도를 늦추고 히마리를 따라갔다.

시세이가 사이토의 교복 자락을 잡아당겼다.

"왜 그래……?"

속삭이는 사이토와 시세이.

"걱정하지 마. 여차할 땐 시세가 오빠를 도와줄게."

"그건 고맙다……."

"결혼이 들켜서 오빠가 퇴학당하면 시세가 오빠를 빈대 남처럼 먹여 살려줄게."

"가능하면 그렇게 되기 전에 도와주면 더 좋겠는데!"

시세이가 손가락 두 개를 들어 보인다.

"오빠에게 주는 파친코 자금은 매일 20만 엔."

"너무 오냐오냐해주잖아."

"파친코까지 송영 리무진에 미녀 드라이버 포함."

"전생에 어떤 덕을 쌓아야 그런 천국에 갈 수 있는 거냐."

하지만 사이토가 가고 싶은 천국은 아니었다.

무모한 싸움은 바라지 않지만 헛되게 살고 싶은 건 아니다. 사이토에겐 이루고 싶은 꿈도, 다다르고 싶은 장소도 있었다. 그건 너무나도 멀어서 사이토 정도의 재능으로도 백 퍼센트 실현된다고 장담할 수 없다.

이윽고 사이토 일행이 집에 도착했다.

히마리가 초인종을 누르자 분주한 발소리가 나며 안에서 아카네가 문을 열었다.

"어, 어서들 와. 좀 어질러져 있지만……."

헉헉 숨을 몰아쉬는 아카네.

시간이 모자랐던 것인지 교복도 아직 갈아입지 않은 채였다. 등 뒤에 숨긴 봉투 속에는 사이토의 빨래가 들여다보였다.

"시, 실례하겠습니다."

천연덕스럽게 인사하는 사이토.

──이런 긴장감 있는 귀가는 처음이다…….

목소리가 경직된 걸 히마리가 눈치채지 않을까 조마조마했다. 현관에 사이토의 가죽 구두가 남아 있었기에 눈에 띄지 않게 끝에 붙여 두었다.

"아카네, 밥, 밥."

시세이가 아카네의 소매를 잡아당겼다.

"밥은 아직이야, 스터디 먼저."

"배가 고프면 싸울 수 없다는 말, 아카네는 몰라?"

"알지만! 과자 사 왔잖아!"

"시세는 아카네의 밥이 더 좋아."

"으⋯⋯."

정면으로 말해오는 통에 아카네의 얼굴이 붉어졌다.

"어느 틈에 아카네랑 시세이가 그렇게 가까워진 거야?! 치사해, 나도 같이 놀래!"

"꺄아?" "오～."

히마리가 아카네와 시세이의 팔을 잡았다.

화기애애한 소녀들을 목전에 두고도 사이토는 자신의 물건이 놓여 있지 않은지 걱정하느라 정신이 딴 데 가 있었다.

오픈 키친과 거실에 어질러진 흔적은 있었지만, 특별히 증거품은 남지 않은 것 같다. 물론 어지러뜨린 주범은 정리역인 아카네겠지.

거실 테이블에 앉아 공부할 것들을 펼쳐놓고 나서야 사이토는 겨우 마음을 놓았다. 시세이는 공부할 생각이 없는지 노트도 꺼내놓지 않은 채 쿠키를 열심히 먹고 있었다.

"그래서 내가 뭘 알려주면 돼? 히마리는 뭘 모르는데?"

"으음, 뭘 모르는지조차 몰라!"

히마리가 천진난만하게 웃으며 당당히 선언했다. 성적 나쁜 아이의 모범 답안이었다.

"질문을 바꿀게. 넌 언제부터 수업을 못 따라가게 됐지?"

진지하게 고민하는 히마리.

"초등학교⋯⋯ 1학년⋯⋯ 정도⋯⋯?"

"덧셈 단계부터?!"

사이토는 절망했다. 잃었던 시간을 되돌리는 것만으로도 너무 방대했다.

"초등학교 때 히마리는 별로 무리하는 느낌은 아니었어. 수학 성적이 떨어진 건 고등학교 1학년 봄쯤부터가 아닐까."

"아, 그런 것 같아! 역시 아카네는 날 잘 아네~!"

"뭐, 뭐어…… 친구니까."

"그냥 친구가 아니지? 단짝이잖아."

"다, 단짝이니까……."

수줍어하는 아카네.

사이토는 고심했다.

"그렇군……. 즉, 인수분해 근처에서 멈춰있다는 거네. 우선 고1 수학부터 다시 시작하자."

"고1부터?! 어째서?!"

눈을 동그랗게 뜨는 히마리.

"임시방편으로 오늘 수업 범위를 알려준다 한들 기초를 모르면 무의미하니까. 기본적인 사고 방법을 몸에 익혀야지."

"그, 그래도…… 그러면 사이토가 힘들지 않아……?"

사이토가 콧방귀를 뀌었다.

"애초에 무언가를 가르친다는 건 힘든 일이야. 지금 와서 신경 쓰지 마."

"으, 응……."

히마리가 무릎 위에서 불끈 손을 움켜쥐었다.


거실의 스터디──라기 보단 사이토 주도의 개인 수업이
계속되고 있었다.

테이블 위에 펼쳐져 있는 건 고1 때 아카네가 사용했던
참고서. 과하게 성실한 아카네답게 이사할 때도 굳이 새집
까지 전부 다 가져온 것들이었다.

"다음엔 여기에 아까의 식을 적용해봐."

사이토의 재촉에 옆에 있던 히마리가 노트를 노려보며
천천히 샤프를 움직였다.

"마, 맞나……?"

불안한 얼굴로 사이토를 올려다본다.

"정답. 잘했어."

"괴, 굉장해……. 내가 풀었어! 사이토 진짜 잘 가르친다!"

히마리가 얼굴을 빛냈다.

"그런가?"

"응! 학교 선생님보다 잘해! 그렇지, 아카네!"

아카네가 팔짱을 낀 채 턱을 치켜들었다.

"조, 조금은 하는 것 같지만 나에 비하면 아직 한참 병아
리네!"

"병아리……? 사이토는 병아리야?"

고개를 갸웃하는 히마리.

"그 병아리가 아니라, 아직 어리다고! 사이토는 아직 풋

내기라는 뜻이야!"

"아카네, 너랑 동갑이다."

"사이토는 어쩜 그렇게 잘 가르치는 거야?"

"심심풀이로 교육학에 관한 책을 읽은 적이 있으니까. 거기에 적혀있던 지도 기법을 시험해 본 거야."

"우와, 역시 사이토는 천재야! 굉장해, 굉장해!"

무조건적인 칭찬은 사이토도 싫지 않았다. 원래부터 남을 돌보는 건 좋아하는 편이었다.

"저기 있지, 계속 알려줘! 사이토의 수업이라면 공부도 즐거울 것 같아!"

히마리가 눈을 반짝이며 테이블의 참고서를 들여다보았다.

그렇지 않아도 옆에 가까이 붙어 있던 탓에 히마리의 어깨가 사이토의 어깨에 완전히 밀착했다. 얇은 블라우스 천을 통해 팔의 감촉이 전해진다.

"어, 어이……."

"왜 그래……?"

말하면서도 히마리의 귓불은 물들어 있었다. 그녀도 사이토와 닿아 있다는 걸 느낀 것이다. 그런데도 떨어지지 않는다는 건 알면서도 일부러 붙어 있다는 거겠지.

"모른 척하지 마. 알고 있잖아."

"확실히 알려주지 않으면 몰라. 난 바보니까."

"너 말이야……."

"사이토는 싫어……?"

아까보다 히마리의 몸이 더 밀착된 것 같다. 사이토도 불쾌하진 않았고, 뿌리치면 히마리에게 상처를 줄 것 같아 꼼짝도 하지 못하고 있었다.

하지만 반대편에서 쏘아지는 아카네의 시선이 아팠다.

치켜올라간 눈썹꼬리는 확실하게 언짢음을 나타내고 있다. 질투인지, 단순히 사이토의 존재가 못마땅한 것인지는 알 수 없지만, 온몸에서 타오르는 불꽃의 기운이 감돌고 있었다.

"오빠, 심심해. 공부만 하지 말고 시세랑도 놀아줘."

시세이가 뒤에서 사이토의 목을 끌어안았다.

스터디라는 상황과는 어울리지 않는 요구였지만 사이토는 마침 다행이라고 생각하며 시세이를 목에서 떼어냈다.

"잠깐 쉴까. 너무 열심히 해도 효율이 떨어지니까."

"에이~, 난 아직 더 할 수 있는데. 사이토랑 하는 거라면 밤새도록 해도 괜찮아."

입술을 삐죽이는 히마리. 별 뜻 아닌 말일 텐데 표현이 좋지 않았다.

"모처럼 히마리가 공부의 재미에 눈을 떴는데 왜 도중에 멈추는 거야?! 사이토는 지금 히마리의 가능성을 붙잡은 거라고?!"

아니, 네가 어쩐지 화가 나 있었으니까 그렇지! 라고 사이토는 속으로 외쳤다. 하지만 그런 자세한 사정을 헤아려

줄 소녀가 아니다.

불꽃이 튀는 사이토와 아카네 사이에서 히마리가 중재에 나섰다.

"자, 잠깐만 둘 다. 싸우지 마. 난 괜찮아. 확실히 좀 피곤하니까 좀 쉬면 더 잘 할 수 있을 것 같아!"

"그래……? 히마리가 좋다면 그걸로 됐지만……. 사이토를 신경 쓰는 거 아니야……?"

"안 써, 안 써! 오히려 내 고집에 같이 공부해준 사이토에게 감사해!"

히마리가 달래자 곧바로 아카네의 표정이 누그러졌다. 팽팽하던 불꽃의 기운이 정화되면서 사라져갔다.

──맹수 조련사다!

사이토는 히마리의 솜씨에 감탄했다. 자신 같았으면 아카네를 진정시키는 데 한 시간은 걸렸을 텐데 그걸 한순간에 굴복시킨 것이다.

"히마리…… 나를 제자로 받아줘!"

"어, 무, 무슨 말이야? 배우고 있는 건 난데?"

"어떻게 하면 아카네를 그렇게 길들일 수 있는지 알고 싶어."

"맹수 취급이라니, 무례하잖아!"

엄니를 드러내며 달려들려고 하는 아카네.

히마리가 가슴 앞에서 손을 모으고 눈을 감은 채 말했다.

"아카네를 부드럽게 만드는 요령은…… 사랑이야!"

"사랑인가……. 그럼 나에겐 무리네."

사이토는 빠르게 단념했다. 설사 백만 번을 다시 태어난다 해도 아카네에게 사랑을 느낄 것 같지는 않았다.

"그리고 또 아카네는 가슴을 정말 좋아하니까 가슴을 누르듯이 꼭 안아주면 부드러워질 거야."

"히마리?! 나를 그런 식으로 생각했어?!"

새빨개지는 아카네.

"응? 하지만 그렇잖아. 둘이 온천에 갔을 때도 내 가슴 만졌고."

"그, 그건…… 좀…… 부러워서……."

"으응~?"

수줍어하는 아카네에게 히마리가 얼굴을 가까이하며 웃었다.

시세이는 흥미진진한 얼굴로 히마리의 가슴을 바라본다.

"시세도 다음에 시험해보고 싶어."

"좋아~♪"

소녀들의 적나라한 대화에 청일점인 사이토는 기가 빨리는 기분이었다. 어색함을 무마시키고자 테이블에서 초콜릿이 든 봉지를 열었다.

"그럼 당 충전도 할 겸 간식이나 먹으면서 머리 좀 식힐까."

시세이가 트럼프 카드를 가져와 내밀었다.

"오빠, 시세는 짝맞추기 게임하고 싶어."

"머리 좀 식힌다고 방금 말했지!"

"파괴와 창조는 표리일체. 일단 철저하게 머리를 파괴해야 처리 능력이 살아나."

"그럴 리가 없잖아."

"있어. 이 세계는 시세가 파괴하고 재창조했어."

"신이냐."

"시세는 하고 싶어. 오빠랑 하고 싶어."

요지부동으로 사이토의 무릎에 떡하니 자리를 잡아 버린다. 공부하는 동안 방치해놔서 적잖이 외로웠던 거겠지.

"어쩔 수 없지. 잠깐만 하는 거다?"

"오빠는 여동생의 어리광에 약해."

"안다면 악용하지 마."

의기양양한 얼굴을 짓는 시세이의 머리를 사이토가 가볍게 쿡 찔렀다.

"너희들도 할래?"

"당연하지! 사이토와 트럼프하는 건 처음이야!"

"내 압도적인 기억력으로 사이토를 산산이 부숴주겠어!"

히마리도 아카네도 의욕은 충분해 보인다.

테이블 위는 책이며 과자들로 가득했다. 전부 정리하는 것도 시간 낭비일 테니 카펫 위에서 대전하는 편이 효율적이겠지.

사이토가 트럼프를 섞고 카펫에 늘어놓는 것을 아카네가 뚫어지게 쳐다봤다.

"사기 치면 용서 안 한다⋯⋯?"

"평범한 게임에서 그런 꾀는 안 부려. 안심해."

"안심이 안 돼. 개미의 페로몬 같은 걸 써서 표시 같은 걸 해놨을지도 모르고……."

묘한 경계선에서 트집을 잡아 온다.

"난 개미 페로몬 같은 건 못 맡아. 그렇게 걱정되면 네가 놓을래?"

"그래! 넌 신용할 수 없어!"

아카네가 사이토를 대신해 카드를 늘어놓았다.

바둑판의 눈처럼 가로세로 빈틈없이 동일한 간격이다. 과하게 성실한 아카네다웠다.

준비가 끝나고 넘길 순서를 가위바위보로 정했다. 아카네, 시세이, 히마리, 사이토 순이었다.

아카네가 들썩였다.

"좋아! 내가 일등이야! 사이토를 이겼어!"

"아직 게임은 시작도 안 했지만."

승리의 달콤함에 취하기엔 너무 이르다.

아카네가 턱을 치켜들고 사이토를 내려다본다.

"어머나, 선수필승이라는 말도 모르니?"

"짝맞추기 게임에서 선수필승은 성립되지 않는다고 봐."

기본적으로 카드 게임은 운에 따른 요소가 강하기 때문에 순서는 큰 관계가 없을 것이다.

"안됐지만 성립해! 너한테는 기회 한 번 주지 않고 내가 다 따버리면 되니까!"

아카네가 의기양양하게 카드를 넘겼다. 스페이드 6과 하트 Q.

사이토가 귀에 손을 가져다 대며 도발했다.

"네? 뭐라고 하셨죠?『너한테는 기회 한 번 주지 않고 내가 다 따버리면 되니까』?"

"……윽! 너, 너한테 기회는 없어! 왜냐면 불의의 사고로 넌 지금 당장 복합 골절을……."

"장외난투는 안 돼!"

실력행사를 하려는 아카네를 히마리가 막아섰다.

"고마워……."

사이토가 히마리를 향해 양손을 모았다. 그녀는 조화의 여신, 이 자리에 있는 것만으로도 사이토의 안전이 보장되었다. 이렇게 된 거 아예 이 집에 같이 살았으면 좋겠어.

"뭐, 처음엔 다 이런 거지!"

아카네가 카드를 응시하며 천천히 뒤집었다. 무늬와 숫자를 머릿속에 새기는 것이리라.

시세이가 카드를 넘겼다. 클로버 A와 스페이드 K.

"잘 먹겠습니다."

"잘 먹지 마."

그대로 카드를 입에 가져가려는 시세이를 사이토가 막았다. 트럼프는 다시 사면 되지만 스터디가 참극의 위세척 모임으로 바뀌는 것은 사양이다.

"오빠는 시세를 말릴 권리가 없어."

"있어. 우선 이건 네 트럼프가 아니야."

히마리 앞에선 말할 수 없지만, 사이토의 것이었다.

"아사 직전의 동생에게서 식량을 빼앗을 권리는 없어."

"트럼프는 식량이 아니야."

"시세의 주식은 오빠, 부식은 종이류."

"독이 든 유칼립투스를 먹는 코알라의 생존전략 따위는 집어치워."

사이토는 시세이를 무릎 위에 잡아두고 카드를 원래대로 되돌렸다.

그런 두 사람을 히마리가 지켜보고 있었다.

"좋겠다, 시세이. 나도 사이토 무릎에 안겨보고 싶다~."

시세이가 엄지손가락을 치켜든다.

"괜찮아. 히마리는 시세 위에 올라타면 돼."

"탈래, 탈래!"

"시세이 씨가 부서질 거야!"

히마리는 사이토와 비슷할 정도의 키로 초등학생 같은 시세이와는 사이즈가 너무 달랐다.

"시세는 부서지지 않아. 오히려 부풀어."

"어째서?!"

"오빠, 어째서?"

시세이가 고개를 갸우뚱했다.

"네 우주의 법칙을 나한테 물어봐도 곤란해."

"그럼 다음은 나다!"

히마리가 카드를 넘겼다. 다이아 Q에 스페이드 A.

"아~, 완전 틀렸어."

카드를 되돌리는 히마리.

"짝맞추기는 오랜만이네."

사이토는 스페이드 A와 클로버 A, 다이아 Q와 하트 Q를 뽑아서 맞췄다.

"벌써 4장이나⋯⋯. 지, 지지 않겠어!"

아카네가 전의를 불태운다.

하지만 그 후 거실은 아비규환의 지옥(주로 아카네의 비명)이 되고 말았다.

"또 사이토한테 빼앗겼어?!"

"왜 그렇게 잘 맞추는 거야?! 투시라도 써?!"

"너무 가져가잖아! 너한테는 인정이라는 게 없니?!"

순식간에 카드가 줄어들며 승부가 끝났다.

히마리 0장, 아카네 2장, 시세이 6장, 사이토 44장.

사이토의 압도적인 승리에 거실은 침묵에 잠겼다.

"아, 아직 지지 않았어⋯⋯."

아카네는 카드를 찌그러질 정도로 움켜쥐고는 반쯤 울먹이며 몸을 떨었다.

"와아⋯⋯."

히마리는 눈을 동그랗게 뜨고 있다.

"그러고 보니 오빠랑 짝맞추기 게임하면 안 됐어."

시세이가 카드를 던져 버렸다.

──아뿔싸…….

숨길 것도 없는 사이에다 지기 싫어하는 아카네 앞에선 봐주는 것도 실례라고 생각해 평범하게 플레이한 사이토였지만, 결과적으로는 분위기가 악화되고 말았다.

"저, 저기…… 한 번 더, 할래……?"

히마리가 모두의 얼굴을 둘러보았지만, 고개를 끄덕이는 사람은 없다. 패배가 정해진 시합에 참가하는 건 누구라도 싫을 것이다. 이래서야 게임이 성립되지 않는다.

"……잠깐 아이스크림이나 사 올게. 셋이서 놀고 있어."

가만히 있기 어색해진 사이토는 먼저 일어나 집을 나섰다.

생각나는 건 초등학교 시절.

학교에 반 아이들이 들고 온 트럼프로 짝맞추기 게임을 했을 때, 사이토의 무시무시한 기억력에 교실이 들끓었다. 아이들은 신기해하며 몇 번인가 사이토와 짝맞추기 게임을 겨뤘지만 금세 놀아주는 사람이 사라졌다.

교실에서 다른 놀이가 유행해도, 남자애들 사이에 휴대용 게임이 유행했을 때도 사이토는 어울리지 못했다. 신체능력이 뛰어나지도 않았는데 축구나 동네 야구조차 어울리지 못하게 됐다.

그 녀석이랑 해도 재미없어.

철저하게 지고 끝날 뿐이야.

그런 이미지가 고정되어 버린 것이다.

같은 또래의 아이들을 상대할 때도 적당히 봐주면서 해

야 한다는 걸 깨달았을 때는 이미 늦은 뒤였다. 할아버지 텐류에게 말했더니 "그걸로 됐다. 어중이떠중이들을 굴복시키고 두려움에 떨게 하는 것이 제왕이지"라며 웃었다.

——내가 원했던 건…… 그런 게 아니었는데 말이지.

사이토가 쓰라린 추억을 곱씹고 있는데 아카네가 쫓아왔다.

"너도 살 거 있어?"

"살 거 없어. 이기고 내빼진 않는지 확실하게 지켜봐야지."

"이기고 내빼는 짓은 안 해……."

뚱한 얼굴의 아카네와 함께 사이토는 근처의 편의점을 향해 걸었다.

불편한 분위기에서 벗어나고 싶었는데 하필 가장 많이 화가 난 상대와 걷는 처지가 되다니, 역시 사람 일은 생각대로 흘러가지 않는다.

"넌 공부 말고 기억력까지 엄청나네."

"기분 나쁘지?"

"뭐?"

아카네가 눈을 깜빡였다.

"나도 알아. 이 기억력은…… 기분 나쁠 정도니까."

사이토는 자조했다.

"호조 가문 놈들은 대체로 머리 어딘가의 기능이 비정상적으로 뛰어났어. 시세는 한순간에 엄청난 암산을 할 수 있고, 시세의 어머니는 1미크론 이하의 오점을 잡아낼 수 있고, 내 경우엔 기억력이 비정상이지."

"천재의 핏줄이라는 건가……?"

고개를 끄덕이는 사이토.

"그래. 개인정보를 너무 세세하게 기억하는 바람에 어렸을 땐 부모도 반 애들도 불쾌해했어. 스토커 취급을 받기도 했고."

"내가 문집에 썼던 좋아하는 음식도 기억하고 있었지."

"그래. 네 스토커는 아니지만."

좀 더 처신에는 신경을 써야 할지도 모른다.

아직 감정을 잘 느끼던 어린 시절과는 달리 지금의 사이토는 남들이 어떻게 생각하든 상관이 없었지만, 평소 얼굴을 맞대고 지내는 가족이나 친구들의 호감도는 낮추고 싶지 않았다.

사이토의 옆을 걷던 아카네는 시선을 앞에 둔 채 중얼거렸다.

"……나는 부럽지만."

"부러워……?"

예상외의 감상이었다.

"그야 그렇잖아? 그런 기억력이 있으면 공부로 고생하지 않아도 될 거야. 상대가 싫어하거나 좋아하는 걸 잘 기억한다면 제대로 배려해줄 수도 있고."

"네가…… 배려를……?"

사이토가 귀를 의심했다.

"예의 없긴! 나도 좋아서 싸우는 게 아니야! 도쿄 앞바다에 가라앉혀 버린다?!"

여고생답지 않은 협박 문구를 뱉은 아카네가 어깨를 추켜세우고는 앞서 걸어갔다. 공격적인 태도는 변하지 않았다.

하지만 사이토는 발걸음이 조금 가벼워진 기분이 들었다.

조금 전의 게임에서 아카네는 사이토를 불쾌하게 여기지는 않은 것 같다. 그저 졌다는 생각에 늘 그렇듯 대항심을 불태웠을 뿐이다.

반 아이들은 사이토와 싸우려고는 하지 않지만, 거리를 두고 있었다. 자신들과는 다른 비정상적인 존재라고 여기고 경쟁도 교류도 시도하지 않는다.

하지만 아카네는 처음부터 사이토와 거리를 두려고 하지 않았다.

다소 화가 나기도 했지만, 중학교까지와는 달리 사이토가 외로움을 느낄 겨를도 없었던 것은 늘 시끄러운 아카네 덕분이었는지도 모른다.

사이토를 라이벌로 공언하고 도전해온 것은 아카네가 처음이었다.

편의점에서 4명분의 아이스크림을 사고 나서 사이토와 아카네는 집으로 돌아갔다.

거실에서는 시세이와 히마리가 게임기를 손에 들고 있었다.

"앗앗, 시세이! 그쪽으로 좀비가 갔어!"

"좀비는 친구. 친하게 지낼 수 있어."

"그럴 리가 없잖아! 봐, 물렸어!"

"파이어~."

시세이가 자신의 친구를 화염방사기로 후려쳤다. 그녀의 친구는 불길의 소용돌이에 휩쓸려 사이좋게 절규하며 증발해갔다.

호러 게임. 아카네의 집에 있으면 확실하게 이질적인 물건.

아카네가 핏기 없는 얼굴로 몸을 떨었다.

"너, 너희들…… 뭘 하는……."

소파에 앉아 있던 히마리가 돌아본다.

"아, 어서 와~. 좀비 게임, 아카네도 샀었구나. 알려줬다면 좋았을 텐데."

"내, 내가 샀다고 할지…… 아버지가 사 왔다고 할지…….그렇지?"

아카네가 사이토에게 시선을 돌렸다.

──나한테 동의를 바라지 마!

패닉에 빠져서 그런 것이겠지만 지나친 무리수였다.

"어떻게 사이토가 아카네의 아버님을 알아?"

아니나 다를까 히마리가 신기하다는 얼굴을 하고 있었다.

아카네가 당황하며 변명했다.

"그, 그건, 아버지랑 사이토가 슈퍼 생선 코너에서 운명

적으로 만나서! 의기투합한 두 사람은 한겨울의 참치잡이
를 하러……!"

넌 대체 무슨 소릴 지껄이는 거야! 라며 사이토가 아카
네를 노려보았다.

그에 대항해 아카네도 살인 청부업자 같은 눈빛으로 맞받
아쳤지만, 사이토는 전혀 그런 시선을 받을 이유가 없었다.

"사이토는 참치잡이 같은 거 좋아해?"

이상한 곳에서 히마리가 관심을 보였다.

이렇게 된 이상 이 흐름에 전력으로 응할 수밖에 없었다.

"아, 으응! 참치잡이는 재미있어! 잡은 참치를 그 자리에
서 해체해서 밥 위에 바로 얹어 먹으면 어찌나 맛있는지!"

사이토가 와일드하게 엄지손가락을 치켜들었다.

히마리가 두 손을 모았다.

"와, 대단하다! 나도 다음에 참치잡이에 데려다줘!"

"기, 기회가 있으면…….'

"여자 힘으로도 참치를 잡아 올릴 수 있을까?"

사이토가 이를 드러내며 윙크했다.

"힘이 부족할 땐 나한테 의지해."

"사이토 멋있어~! 의지할게~!"

"하하하…….'

끝없이 흐르는 땀이 사이토의 냉각을 가속했다.

말을 맞추기 위해서라고는 하지만 자신의 프로필에 묘
한 설정이 추가되는 건 괴로웠다. 지금까지 참치잡이와는

무관한 인생을 살아왔지만, 앞으로의 일을 생각하면 참치에 대해서도 자세히 조사해둘 필요가 있었다.

아카네와 사이토는 사이좋게 복도로 철수해서 작은 소리로 긴급회의를 시작했다.

"……왜 게임기를 안 치운 거야?"

"치워야 할 게 많아서 시간이 부족했어! 호러 게임 소프트는 두지 않았으니까 괜찮을 줄 알고……."

"저건 다운로드 소프트야."

고개를 갸우뚱하는 아카네.

"다운로드 소프트? 다른 데 둬도 멋대로 걸어오는 소프트 같은 거야?"

"저주받은 인형이냐! 게임기 안에 소프트가 여러 가지 들어있다고!"

"그렇게 두꺼운 기계로는 안 보였는데……."

문화권 차이에 사이토는 머리를 쥐어뜯었다. 아카네는 어디까지나 일반인이었기에 게이머의 상식은 통하지 않는 것 같다.

"설명은 나중에! 빨리 저 녀석들한테서 게임기를 뺏지 않으면 진짜 큰일이 날지도 몰라."

아카네가 침을 꿀꺽 삼켰다.

"큰일……? 설마 놀고 있는 사람까지 좀비가 된다든가?"

"저주받은 게임이냐! 그게 아니라 저 게임기엔 조금…… 성적인 게임도 있어."

사이토의 자백에 얼어붙는 아카네.

격노와 모멸의 감정이 초속으로 상한선에 이르렀는지 말 한마디로 선고를 내린다.

"……경찰에 신고하겠어."

"합법이야! 평범하게 고등학생이 해도 되는 거라고!"

"왜 그런 걸 넣은 거야! 서, 성욕 마왕!"

"성욕 마왕 아니야! 유명한 격투 게임의 팬디스크 같은 게임이라고! 평상시엔 전력으로 죽여대는 히로인들이…… 그, 저기, 수영복을 입고 해변에서 비치볼 같은 걸 하는 게임으로……."

"여보세요. 경찰인가요? 지금 당장 잡아가 주셨으면 하는 사람이 있는데요……."

"그만해!"

사이토는 아카네에게 스마트폰을 빼앗아 통화를 종료시켰다.

아카네는 곧바로 스마트폰을 되찾아서 복도 끝까지 달아났다.

손가락을 붕붕 휘두르며 사이토를 비난해온다.

"추, 추잡해! 너, 너 같은 건 온몸을 세제로 강제 표백하는 형벌이야!"

"뭐라고 해도 좋아! 하지만 이대로 그 게임을 녀석들한테 들킨다면 또다시 『아카네의 아버지가 사 왔어』라는 변명을 해야 할지도……."

"큰일 났다──!!"

아카네가 거실로 뛰어나갔다.

진지하게 공부하라며 혼을 내더니 가차 없이 게임기를 회수한다. 옷장에 처박아질 뻔한 게임기는 사이토가 회수해 몰래 봉인해 두었다.

여차여차 다시 스터디로 복귀한 일동.

이번에야말로 샛길로 빠져 긁어 부스럼을 만들지 않도록 사이토는 히마리의 지도에 힘썼다.

공부에 집중하다 보면 집 안의 미세한 모순을 지적받을 여지도 없다. 솔직한 히마리는 이해력이 빨랐고, 눈에 띄게 이해도가 깊어지는 모습에 가르치는 재미가 있었다.

그러는 사이 창밖으로는 해가 지고 있었다.

"아으~. 머리가 빙글빙글해~."

익숙하지 않은 공부를 너무 많이 한 히마리는 그대로 노트 위로 엎어졌다.

"수고했어."

아카네가 홍차를 우려왔다.

시세이는 허겁지겁 마시려다 뜨거움에 화들짝 놀라 몸을 뺀다. 떨면서 홍차를 테이블에 두고는 사이토를 올려다본다.

"오빠, 후후해줘."

"그 정도는 네가 식혀."

"시세의 폐활량으로는 불가능해. 차를 날릴 수 없어."

"안 날려도 되니까 힘내라."

사이토의 재촉에 시세이가 후후 불며 홍차를 식혔다.

히마리가 컵을 들고 코끝을 가져갔다.

"냄새 좋다…… 홍차 잘 우리네~."

"히마리가 요령을 알려줬잖아. 아직 히마리가 훨씬 더 잘해."

"그렇지 않아~. 아카네가 더 잘하는걸~."

"홍차의 종류 같은 것도 히마리가 더 많이 알잖아."

노닥거리는 그녀들을 곁눈질로 보며 사이토는 『이 녀석…… 나 외의 사람한테는 라이벌 의식을 불태우지 않는 건가……?』라며 미묘한 심정이 들었다. 상대를 띄워줄 수도 있다면 사이토에게도 그 기술을 발휘해줬으면 했다.

히마리는 홍차를 몇 모금 마시더니 컵을 테이블 위에 놓고 사이토를 바라보았다.

"오늘은 정말 고마워. 알차게 수업해줘서. 사이토 덕분에 수학을 좀 더 알게 된 것 같아."

"그거 다행이네. 넌 아직 성장 가능성도 있고 가르치는 보람도 있어."

"정말? 그럼 다음엔 사이토의 집에서……라는 건 어때?"

"우리 집은 곤란해."

그보다, 지금 바로 사이토의 집에 있다.

히마리가 장난스레 미소 지었다.

"왜애~? 난 사이토 방에 가보고 싶은데."

"저기 말이야……."

사이토는 체온이 오르는 것을 느꼈다.

"아~, 빨개졌다. 귀여워."

히마리가 테이블에 팔을 올리고 사이토에게 어깨를 기대왔다.

그와 동시에 히마리의 팔이 찻잔에 닿았다. 잔이 뒤집히며 내용물이 교복과 노트로 쏟아졌다.

"앗."

"괜찮아?!"

황급히 일어나는 아카네.

"기다려, 행주 가져올게!"

사이토가 주방으로 달려가 찬장 서랍에서 행주를 꺼내왔다.

"이걸로 닦아."

"고마워!"

사이토한테 행주를 받아든 히마리가──곧바로 고개를 갸우뚱했다.

천천히, 순진한 눈동자가 깜빡였다.

"……어라? 사이토가 왜 행주 위치를 알아?"

""……!!""

사이토와 아카네가 벼락에 맞은 듯 몸을 굳혔다.

히마리는 손에 쥔 행주와 사이토를 번갈아 보았다.

아카네는 지금까지 본 적 없는 얼굴로 땀을 줄줄 흘리고

있다.

——큰일 났다. 진짜 큰일 났어.

사이토는 초조함으로 위가 쓰려오는 것을 느꼈다. 여기서 대답을 잘못했다간 눈치 빠른 히마리는 사이토의 비밀을 알아차리고 말 것이다.

바싹 마른입을 떼고 사이토가 천천히 말을 고른다.

"아니, 방금 건…… 감으로 찾아보니까 맞았다고나 할지……."

침묵하는 히마리.

역시 이런 변명은 무리였나, 사이토는 긴장하면서 히마리의 반응을 살폈다.

"그렇구나! 사이토는 정말 굉장하다!"

히마리가 눈을 빛낸다.

——진짜 믿은 거냐!

어이없음 반, 안도감 반인 사이토. 역시 히마리는 순진한 아이였다.

"시세의 계산에 의하면 이 면적의 주택에서 적당히 행주를 찾아서 한방에 발견할 확률은 156만 분의…… 으붑."

쓸데없는 데이터를 제공하려는 시세이의 입을 사이토가 막았다.

히마리가 교복을 행주로 닦았지만 좀처럼 얼룩이 지워지질 않는다.

"너무 문지르면 얼룩이 안 지워지니까 빨리 씻고 오는

게 좋을 것 같아."

"으, 응. 세면실이 어디였더라?"

"시세가 안내할게. 갈아입을 옷도 있어."

마치 제집인 양 시세이가 히마리를 복도로 데리고 나갔다.

수전을 여는 소리, 물이 나오는 소리가 세면실 쪽에서 들려왔다.

거실에 남은 아카네가 비난하는 듯한 눈빛으로 사이토를 바라보았다.

"히마리가 우쭈쭈해 준다고 헤실거리니까 그런 실수를 하는 거야."

"헤실거린 적 없어."

"하고 있잖아! 애초에 네가 스터디를 거절했다면 이런 귀찮은 일도 없었어!"

난폭하게 다가와서 사이토의 가슴에 손가락을 들이밀었다.

"그 상황에서 거절하는 건 히마리한테 미안하잖아."

"뭐야? 히마리의 비위를 맞추고 싶은 거야? 뭐든 기쁘게 허락할 것 같으니까?"

"그런 속셈은 없었어!"

"히마리가 붙어 있을 때 사이토는 완전히 범죄자의 얼굴이었어!"

"거짓말이지……?"

사이토는 살짝 걱정이 들었다.

"거짓말 아니야!『돈을 내놔』라는 얼굴이었다고!"

"속셈의 방향이 다르잖아! 그건 그냥 강도지!"

"어쨌든 네 헤실거리는 얼굴은 보기만 해도 짜증 나니까 그냥 껍질째 벗겨버리는 게 어때?!"

"말도 안 되는 소리 하지 마!"

"네가 직접 못 하겠다면 내가——."

돌연 주위가 캄캄해졌다.

"꺄악—?!"

달려들듯 다가오는 부드러운 감촉. 직전까지의 건방진 태도가 거짓말인 것처럼 아카네는 부들부들 떨며 사이토에게 매달려왔다.

"너…… 여전히 겁이 많구나."

"정전 따위 무섭지 않아!"

울먹이며 올려다보는 아카네.

"아니, 완전 울 것 같은 얼굴이잖아."

"이, 이건 그냥 안약을 넣은 것뿐이야!"

"지금 한순간에?"

"한순간 망설였다간 생명을 잃는다고! 안구건조증의 처치가 늦었다가 눈알이 튀어나오면 어쩔 거야?!"

"나한테 물어도……."

인간에게 안구건조증으로 안구가 사출되는 기능은 없다.

거실과 오픈 키친은 온통 깜깜했다. 디스크 레코더나 밥솥 램프도 꺼져 있다.

창밖으로 다른 집에 켜진 불빛이 보였다. 지역 일대가 정전된 게 아니라 전력 과다 사용으로 사이토의 집만 정전이 된 걸 수도 있었다.

"차단기 좀 보고 올게."

사이토가 거실을 나가려는데 아카네가 사이토의 셔츠를 잡았다.

울먹이는 걸 넘어서서 이젠 완전히 울면서 호소한다.

"이런 끔찍한 곳에 날 내버려 두지 마!"

"자기 집이잖아."

사이토는 어처구니가 없었다.

"누군가 천장에 붙어 있을지도 모르잖아! 하트 잠옷을 입은 아저씨가 웃으면서 보고 있을지도 모르잖아!"

"하지 마. 대체 무슨 호러를 연출하는 거야."

상상력이 풍부한 것도 정도가 있지.

"어떤 가능성도 무한대라는 거지! 이러다간 둘 다 죽고 말 거야!"

"죽진 않을 것 같은데……."

아카네가 사력을 다해 사이토에게 달라붙어 있었기에 평화적으로는 뗄 수 없을 것 같았다. 무리했다간 아카네가 다치든 사이토의 교복이 찢어지든 비참한 결과만이 기다리고 있겠지.

사이토는 포기하고 거실 바닥에 주저앉았다. 조만간 전기는 돌아올 것이다.

아카네는 사이토에게서 떨어지려 하지 않았다. 이 소녀는 강한 것처럼 보이지만 어딘가 연약했다.

교복 치마가 스치는 소리, 서늘한 머리카락에서 풍기는 달콤새콤한 향에 사이토는 아카네의 존재를 의식했다. 어둠 속에서 가만히 있으니 그 존재감이 더욱 짙어졌다.

아카네가 중얼거렸다.

"역시 남자는…… 솔직한 여자가 좋아?"

"왜 그런 걸 묻는데."

"……딱히."

사이토의 셔츠를 움켜쥔 아카네의 손이 가늘게 떨리고 있다. 고개 숙인 얼굴은 앞머리에 가려 거의 보이지 않지만, 입술은 꽉 다물려 있다.

사이토는 가슴속 깊은 곳이 희미하게 욱신거리는 것을 느꼈다.

솔직한 아이. 그것은 히마리를 두고 한 말이라는 걸 짐작할 수 있었다.

그리고 솔직하지 못한 아이가 누구인지도.

"넌 그냥 이대로도 괜찮다고 생각해."

"……!"

숨을 삼키는 아카네.

"내, 내 얘길 하는 게 아니야……."

지금 와서 시치미를 뗀다.

"그럼 나도 네 이야긴 안 해. 이건 소녀 A의 이야기다."

"소녀 A가 뭐야…… 범죄자 같아."

"너랑 관련 없는 녀석 일이니까, 더는 상관없지?"

사이토가 웃었다.

어떤 심정으로 아카네가 물었는지는 알 수 없다. 다만 그 질문은 아카네에게 용기가 필요한 것이었고, 본심과 가까운 부분에서 나왔다는 것은 알 수 있었다.

그래서 사이토도 가끔은 있는 그대로 말해주고 싶었다.

"확실히 그 녀석은 귀찮긴 하지만, 요즘엔 어쩐지 무슨 생각을 하는지 알게 된 것 같아."

"그, 그래……?"

겁에 질린 아기 고양이처럼 아카네가 물었다.

"그래. 그 녀석은 고집불통에 엄청난 노력가고 부끄러움도 많아. 좀처럼 감정을 솔직하게 드러내려 하지 않지만, 악의가 있는 건 아니지. 오히려 누구보다도 남의 행복을 바라고 있어."

"펴, 평가가 너무 후해……."

부끄러운 듯 아카네가 몸을 꼼지락거렸다.

"그러니까 그 녀석의 세계 제일 성가신 부분도…… 나는 싫지 않아."

말하고 나자 사이토 역시 귓가가 타는 듯 달아올랐다. 솔직하지 못한 건 분명 피차일반이리라. 이런 사소한 말을 전한 정도로 사이토의 심장은 요동치고 있었다.

"세계 제일 성가시다니, 그게 뭐야. ……바보."

입술에서 새어 나온 비난은 아주 가냘프고, 희미한 달콤함을 띠고 있었다.

사이토의 가슴에 아카네가 이마를 바싹 가져갔다.

그때 거실 조명이 켜졌다.

"전기 돌아왔나 보네."

"아, 으응."

아카네가 안도하고 있는데 복도 문이 열리며 히마리가 돌아왔다.

"아~, 깜짝 놀랐네. 갑자기 정전이라니······."

"앗······."

경직되는 아카네. 그 몸은 사이토에게 붙어 있고 손은 사이토의 셔츠를 꽉 쥐고 있었다. 비록 공포로 제정신이 아니었다고 해도 평소의 아카네로선 있을 수 없는 상황.

히마리는 눈을 휘둥그레 떴다.

"······사이 좋네?"

"사이 안 좋아~!!"

아카네의 외침이 울려 퍼졌다.


"결국 왜 우리 집만 정전됐는지 알 수 없었지······."

다음 날 사이토는 교실 책상에서 고개를 기울였다.

전자레인지나 밥솥 등, 소비전력이 큰 가전을 쓰지는 않았다. 그 후엔 정전되는 일이 없었으니 아마 배선 문제도 아닐 것이다. 인터넷으로 여러모로 조사해 보았지만, 정전에 대한 정보는 발견할 수 없었다.

"왜 궁금한데?"

사이토의 책상 위에 앉아 있던 시세이가 물었다.

"원인 불명으로 또 정전되면 난감하잖아. 특히 게임 도중이나."

"확실히 난감해. 그것은 오빠가 신작 RPG에 열중하고 있던 초등학교 시절. 시세가 장난으로 차단기를 내렸을 때, 비극은 일어났다."

"싫은 기억 떠올리게 하지 마."

절망했던 기억이 생생하게 되살아나는 통에 눈을 감아 버리는 사이토.

시세이가 담담하게 말했다.

"마침 저장 중이던 세이브 데이터. 갑작스러운 정전에 그 게임뿐만 아니라 온갖 데이터까지 파괴되고……."

"이번에도 네가 범인이냐?"

사이토는 시세이의 양쪽 겨드랑이를 안아 올려 공중에서 심문을 가했다.

"시세는 아무 짓도 하지 않았어."

고개를 젓는 시세이. 무저항으로 매달려 있는 모습은 마치 인형 같아 보였다. 표정을 읽을 수 없는 탓에 진실 여부도 판단할 수 없다.

사이토는 체념하고 시세이를 바닥에 내려놓았다.

히마리가 사이토의 책상으로 다가왔다.

"사이토. 아까 수업 시간에 모르는 부분이 있었는데……
또 알려줄 수 있어?"

"그래, 학습 의욕이 높은 건 좋은 일이지."

"고마워!"

동기가 어떻든 지금 제대로 공부해 둔다면 히마리의 장
래에도 도움이 될 것이다. 젊음의 사랑은 한순간이니 졸업
하면 히마리도 사이토를 잊을지 모르지만, 배운 것은 사라
지지 않는다.

히마리가 아카네를 손짓으로 부른다.

"아카네도 같이 배우자!"

"난 됐어. 그런 녀석한테 배울 거 없으니까."

휙 하고 턱을 치켜올리는 아카네.

"아아, 그러냐."

사이토는 어깨를 으쓱했다.

오늘도 아카네는 평소와 다름없음. 이럴 줄 알았다면 어
제 어둠 속에 방치하고 쓴맛을 보여주는 편이 좋았을지도
모른다.

다음에야말로 누가 봐주나 봐라, 하고 사이토가 진지하
게 생각하고 있는데 아카네가 사이토의 책상 위에서 몸을
숙였다. 사이토에게 얼굴을 가져다 대고, 흘러내린 머리를
쓸어올리며 은밀하게 속삭인다.

"……도, 돌아가면 확실하게 알려줘."

아카네는 발길을 돌려 자리로 돌아가더니 책상에 엎드

린다. 귓불이 새빨개져 있었다.

　──난감한데······.

사이토는 의자 위에서 진정되지 않는 기분을 느꼈다.

자신의 귀도 빨갛게 되어 있을 거라는 확신이 있었다.

폭음과 함께 사이토의 공부방 문이 열렸다.

아니──걷어차였다.

둔기를 잔뜩 품에 든 아카네가 콧김을 내뿜으며 다가왔다.

눈에는 핏발이 서 있고 입술은 치켜올라간, 그야말로 귀신의 형상.

"자아! 공부하러 왔어!"

"나를 죽이러 왔다, 를 잘못 말한 게 아니고?"

사이토는 반사적으로 의자째 창가까지 물러났다. 이 집에서 목숨을 지키는 행위는 상식적인 사고가 아닌 야성적인 반사 신경에서 나오고 있었다.

"귀중한 정보원을 죽이진 않을 거야……."

"그거 알려주는 순간 즉살당하는 루트지?"

"무슨 말도 안 되는 소리를 하는 거야? 이 내가 너한테 알려달라고 말하는 거라고?! 잔말 말고 알려주기나 해!"

"이렇게 오만한 부탁은 처음이야."

"시, 시시시시시끄러워!"

아카네가 둔기(자세히 보니 교과서나 두꺼운 사전)를 책상에 내려쳤다. 볼이 불에 탄 것처럼 홍조를 띠고 있는 건 무거운 물건을 들고 온 탓일까, 아니면 사이토에게 가르침을 청하는 게 부끄러워서일까.

"좋아, 그럼 네 실력 테스트 답안지를 좀 보여줘."

"갑자기 무슨 소리야?! 그런 기밀정보를 적에게 넘겨줄

리가 없잖아?! 약점을 들키면 공략당할지도 모르는데!"

아카네의 경계도가 급상승했다.

"딱히 공략할 생각 없으니 안심해. 네 득점 경향을 분석하고 싶어서 그래."

"그, 그렇게까지 나를 발가벗길 작정인 건가……."

아카네가 울먹이며 몸을 끌어안았다.

큭큭큭, 사이토가 입술을 비틀며 웃었다.

"넌 어떻게 해서라도 날 이기고 싶은 거잖아……? 자신의 약점을 극복하면 날 이길 방법을 찾을지도 몰라……. 지금 수단을 가릴 상황은 아닌 것 같은데……?"

"크윽……."

아카네가 분한 듯 얼굴을 일그러뜨리더니 사이토의 방을 뛰쳐나갔다.

그리고 금세 돌아와서는 떨리는 손으로 곱게 접은 답안지를 내밀었다.

"너, 너무…… 빤히 보지는 마……."

"아, 어어……."

반쯤 장난으로 받아친 사이토였지만, 이렇게까지 전력으로 수치심에 괴로워하니 왠지 범죄적인 일을 저지르는 기분이 들었다.

속죄 같은 건 아니었지만, 아카네를 도와주고 싶었던 사이토는 영어 답안을 훑어보았다. 같은 시험을 봤기 때문에 문제는 암기하고 있었다.

"어, 어때……?"

"뒤로 갈수록 정답률이 떨어지네. 시간이 부족해서 초조해진 거지?"

"어떻게 알았어?"

"글씨도 흘려 썼고, 뭔가 좀 자포자기한 느낌도 들고."

"한 시간이 너무 짧은 게 나쁜 거야!"

"세계 시스템의 근원에 불평하지 마."

"한 시간이 5,600분만 됐어도 분명 백 점을 맞을 수 있었는데."

아카네가 손톱을 물었다.

"다 같은 시간을 주고 그 안에서 푸는 거니 어쩔 수 없지. 글씨 쓰는 방법만 봐도 초반에 너무 시간을 들여. 좀 더 적당히 풀어."

"적당히 풀면 너한테 지잖아!"

어깨를 치켜세우는 아카네.

최선을 다해 풀어도 시간을 못 맞춰서 지고 있지만…… 하고 사이토는 생각했지만, 불에 기름을 붓고 싶지는 않았기에 말하지 않기로 했다.

"네 약점은 쉽게 감정적으로 변한다는 거야."

"안 변해!"

아카네가 책상을 탕탕 두드렸다.

"지금도 변했잖아! 책상이 가여우니까 그만해!"

사이토는 들개처럼 으르렁거리는 아카네를 책상에서 떼

어놓았다.

"그리고 감정적으로 되면 네 지능은 미친 듯이 떨어져. 평소에는 머리가 좋은데 −50 정도로 내려가지."

"지능에 마이너스가 있어?"

"말이 그렇다는 거야. 너도 자각하고 있잖아."

"윽……. 그, 그건 그렇지만……."

아카네가 힘겹게 인정했다.

――자각이 있던 거냐!

본인이 물어놓고 정작 사이토도 놀랐다.

그렇다면 좀 더 냉정을 유지하려는 노력을 해줬으면 했다. 아카네가 패닉을 일으킬 때마다 결혼 사실이 새어나간다면 위험했다.

"시험에서도 그 허점이 드러나고 있어. 시간이 모자라면 초조해지는 건 당연하니까 우선 당황하지 않게 시간 배분을 잘해야지."

"근데 독해 같은 건 엄청 오래 걸리잖아……."

"감으로 읽어."

"못 읽어! 선생님이 악독하게 모르는 단어를 잔뜩 넣어놓는단 말이야!"

"독해가 다 그렇지. 그보다…… 그렇군. 아카네는 너무 성실해서 대충 읽는 게 어려운 건가……."

사이토는 곰곰이 생각에 잠겼다.

"그렇다면 감에 의존하지 않고 읽을 수 있게 되는 편이

낫겠네."

책장 안쪽에서 『머슬! VOCABULARY 근육! 3,000단어 스페셜 마스터!』라는 제목의 책을 꺼냈다. 표지에는 우람한 보디빌더가 반짝이는 미소로 알파벳 포즈를 취하고 있었다.

"이, 이게 뭐야……."

아카네가 몸을 물렸다.

"어휘력 증강용 참고서야. 우선 3만 단어를 외우면 확실하게 영문을 읽을 수 있게 될 거야."

"그렇게까진 못 외워!"

사이토가 코웃음 쳤다.

"외울 수 있어. 하루에 300단어씩 외우면 백일 안에 끝나."

"그걸 다 적다가 내 손도 끝나겠어! 헉?! 그런 거야?! 내 손을 망가뜨려서 시험을 못 보게 할 셈이지?!"

창백하게 질려서 뒷걸음질 치는 아카네.

"쓰기는 효율이 낮으니까 그 방법은 쓰지 마. 단어는 보면서 외워."

"보면서……?"

"애초에 인간의 기억이라는 건 생각해내려고 할 때 새겨지면서 강화되는 거야. 하지만 쓰기는 바보처럼 손버릇만 반복할 뿐이니까 뇌가 전혀 자극을 받지 않아. 아무리 해도 쓸데없어."

"하지만 학교에서는 쓰기가 중요하다고 숙제도 내주는데……."

사이토가 어깨를 으쓱했다.

"선생님도 바보니까."

"너 말이야……."

아카네가 어이없다는 얼굴을 지었다.

"단어를 외우는 가장 빠른 방법은 이거야. 우선 그날 외우고 싶은 영어 단어랑 뜻을 한 백 개 정도 전부 읽어. 그다음 영어 단어만 보고 손으로 가린 뜻을 말할 수 있는지 시험해봐. 완전히 외울 때까지 이걸 몇 번이고 반복하는 거야."

"단어장으로 자주 하는 방법이네."

사이토가 검지를 치켜들었다.

"여기서부터가 중요해. 다음 날 새로운 단어를 공부하기 전에 어제 외운 단어를 복습해. 영어 단어만 보고 뜻을 말하는 거 말이지. 그다음 날은 어제와 그제의 단어를 복습해."

아카네가 침을 꿀꺽 삼켰다.

"그, 그거…… 일주일간 계속하면 하루에 칠백 단어 정도는 복습해야 하는 거 아니야……?"

"하지만 쓰기는 하지 않기 때문에 손에 부담은 가지 않지. 기억해 내려고 노력하면 반복되는 단어가 뇌에 새겨지면서 순식간에 어휘가 늘어날 거야."

"그렇게 쉽게 될까……."

반신반의하는 아카네.

"속는 셈 치고 일단 하루치를 해봐. 쓰는 건 안 해도 의외로 머리에 잘 들어오니까."

"……만약 거짓말이라면 네 온몸에 다 적어버릴 거야."

오싹한 협박을 한 아카네가 참고서를 노려보기 시작했다.

──유성펜을 집 안에서 제거해둬야겠군…….

사이토는 위기감을 느끼며 아카네의 공부를 지켜보았다.


다섯 시간 후.

공부방에서 아카네가 환호성을 질렀다.

"정말이야! 쓰지도 않았는데 점점 기억할 수 있어!"

"그렇지? 무작정 하는 노력은 소용없어. 필요한 건 세계의 핵심을 찌르는 거지."

사이토가 웃었다.

아카네가 손을 입가에 가져가며 중얼거렸다.

"거짓말을 한 건 선생님들이었어……. 지금 당장 복수를 하러 가야 해……."

"무슨 짓을 벌이려고……. 그보다 복수는 하지 마. 일본에 만연한 근성론이 나쁜 거지."

"또 잘난 듯이 말하고 있네."

"난 잘났으니까."

질렸다는 표정에도 사이토는 아랑곳하지 않았다.

"학문에는 왕도가 없다고 외치면서, 고생하는 만큼 앞선다는 안심감을 느낄 수 있으니까, 다들 헛되게 노력하는 거야. 하지만 착각이지. 학문에 왕도는 있어. 그게 내 길이야."

"언제까지 잘난 척할 셈이야?!"

"효율화를 생각하지 않는 건 단순한 사고정지랑 똑같아. 태곳적부터 인간은 도구를 사용해서 생활을 효율화시켜왔으니 공부도 효율화할 수 있어. 너도 알았지?"

"네가 공부하는 방법은 편하네. 가르치는 것도…… 뭐, 그런대로 잘하고……."

아카네가 분한 듯이 시선을 외면했다.

——이 녀석이 나를 칭찬했어?!

충격을 넘어서 공포를 느끼는 사이토. 오늘 밤 안으로 짐을 싸두지 않으면 늦을지도 모른다.

"내가 공부하는 방법은 아닌데? 난 자습 같은 건 안 하니까."

"그럼 뭔데, 이 공부법은?"

"인간 기억의 메커니즘을 책에서 읽고 시험 삼아 만들어봤을 뿐이야. 지금까지 몇몇 학생에게 알려주고 실험해서 유효성도 확인했지."

"반 애들은 네 실험용 쥐가 아니라는 거, 알고 있지?"

"덧붙여서 제일 큰 효과를 낸 건 아카네야. 역시 원래 머리가 좋으면 다르네."

"무슨……."

뒷걸음질 치는 아카네. 그녀도 갑자기 칭찬을 받아 두려움을 느끼고 있는 거겠지. 아카네와 싸울 때는 칭찬으로 무너뜨리는 게 정답인 걸까, 하고 사이토는 고민했다.

"시간도 늦었는데 오늘은 이만 자자."

"안 자. 등교까지 8시간이나 남았어."

아카네가 또렷한 눈으로 말했다.

"좀 자! 또 수면 부족으로 몸이 상한다고!"

"안 상해. 내 피로는 전부 사이토에게 가는 구조니까."

"나한테 대체 어떤 저주를 건 거냐."

사이토가 아카네에게서 참고서를 뺏으려 했지만, 아카
네는 끝까지 잡고 버렸다. 온 힘을 다해 서로 잡아당기는
두 사람. 떡처럼 늘어나는 참고서. 사이토의 힘이 한순간
풀린 틈을 타 지체 없이 아카네가 참고서를 블라우스 안쪽
에 숨겨 버렸다.

"여, 여기라면 너도 건드릴 수 없겠지……."

뺨을 붉게 물들인 채 헥헥 숨을 몰아쉬는 아카네. 서로
옥신각신하는 바람에 옷이 흐트러졌다.

"젠장…… 비겁하게……."

사이토가 이를 갈았다.

이렇게까지 공부를 하고 싶어 하는 인간도 드물다. 부모
가 애를 써도 좀처럼 책상 앞에 앉히기 힘든 것이 일반적
인 고교생 아닐까.

"넌 왜 그렇게 공부를 하고 싶어 하는 건데?"

"전에 말했잖아, 의사가 되고 싶다고."

"당연히 기억해. 내가 질문하는 건 왜 의사가 되고 싶으
냐는 거야."

"그건…… 너랑은 별로 관계없잖아."

아카네가 의심이 담긴 얼굴로 사이토를 노려보았다.

"물론 나와는 전혀 상관이 없지. 네가 어떤 직업을 갖든 결혼만 하면 내 목적은 달성되니까 아무래도 좋아."

"그, 그렇지……."

사이토는 잠시 망설였지만, 자신의 감정을 정면으로 고했다.

"하지만 난 알고 싶어── 너에 대해."

"…………!"

아카네가 눈을 크게 떴다.

"아, 알고 싶다니 뭘 위해서……?"

"이유는 없어. 목적도 없어. 그냥 알고 싶어. 표지를 보고 내용이 재미있어 보이는 책을 읽어보고 싶은 거랑 똑같아."

"나, 난 책이 아닌데……."

부끄러운 듯이 고개를 숙인다.

사이토도 몸이 타는 듯 뜨거웠다. 욱하는 심정에 대담한 발언을 해 버린 것 같다. 분명 아카네는 불쾌해하겠지.

하지만 아카네는 사이토의 방에서 도망치려 하지 않았다.

작게 숨을 내쉬고는 고개를 든다.

"……어렸을 때, 세 살 터울의 여동생이 있었어."

"여동생……?"

금시초문이었다. 학교 행사에서 아카네의 부모님을 뵌 적은 있었지만, 여동생은 없었다.

"여동생은 몸이 엄청 약해서 늘 누워있었어. 아버지와 어머니는 여동생의 병원비를 벌기 위해 열심히 일하시느라 집에 거의 계시질 못했지."

"네가 요리를 잘하는 것 그것 때문인가."

아카네가 고개를 끄덕였다.

"동생이 힘들어할 때 난 그저 보고 있을 수밖에 없었어. 『언니, 살려줘, 살려줘』하며 울어도 머리를 쓰다듬는 것밖에는 할 수 없었지. 그게 너무 분하고 억울해서…… 참기 힘들었어."

눈동자가 희미하게 젖어 있었다.

팽팽한 공기를 통해 그녀의 고뇌가 전해져 사이토의 가슴이 덜컹거렸다.

"그래서…… 의사가 되고 싶은 거야?"

"여동생은 구하지 못했지만, 달리 아픈 사람은 많이 있어. 아무도 울지 않도록 내가 할 수 있는 일을 하고 싶어. 이번에야말로 누군가를 구할 힘을 원해."

아카네가 조용히 말했다. 늦은 밤의 고요에 잠긴 그녀의 모습은 평소와 달라 보였다.

──바보 같을 정도로 외길이구나.

성격은 나쁘고 난폭하고, 선한 사람과는 거리가 멀지만, 그만큼 한없이 순수하다.

그녀는 타오르는 불덩이 같았다.

"지금 여동생은……?"

"못 만나. ……아주 먼 곳이 있으니까."

입술을 깨무는 아카네.

그 뜻을 싫어도 알아버린 탓에 사이토는 아무 말도 할 수 없었다.


며칠이 지나도 아카네는 기운이 없었다.

"하아……."

등교 전 아침 식사 때도 토스트를 먹으며 한숨을 내쉰다. 머리카락도 리본도 다 풀이 죽어서 전체적으로 작아진 것처럼 보였다.

──왜 그래? 오늘은 싸움 안 걸어?

라고 묻고 싶은 사이토였지만 그 질문은 역시 이상하다. 『건강한 아침은 두 사람의 싸움으로부터!』라는 일상에 적응해서는 안 된다. 두 사람은 주먹으로 대화하는 전사의 핏줄이 아니었다.

거실의 TV에서는 뉴스가 흘러나온다. 경영자를 목표로 하는 사람으로서 사이토는 세상의 움직임을 파악해 두는 것이 일상이었다.

『요즘 인기 있는 여동생 아이돌! 전국의 오빠들이 열광하는 여동생의 매력이란?!』이라는 특집이 시작되며 화면에 사랑스러운 아이돌이 등장했다. 초등학생부터 중학생까지 어린 얼굴의 저연령 멤버로 가득하다.

아카네는 말없이 TV 스위치를 껐다.

상쾌한 아침과는 어울리지 않는 가라앉은 표정.

"아이돌 같은 거 싫어해?"

사이토가 묻자 아카네가 고개를 저었다.

"딱히. 좋지도 싫지도 않아."

"그럼 왜……."

그 물음에는 대답하지 않고 먹다 만 토스트를 접시에 놓는다.

"넌 좋겠네. 항상 시세이 씨가 곁에 있어서."

"그 녀석은 공기 같은 거니까."

"……나도 여동생이 보고 싶어. 같이 밥도 먹고 쇼핑도 가고 영화도 보고, 그러고 싶어."

아득히 먼 곳을 바라보는 눈빛으로 아카네가 창밖을 내다보았다.


오늘의 체육 수업은 배구 시합이었다.

코트를 뛰어다니는 다른 팀원들을 사이토는 체육관 끝에 앉아 바라보았다.

옆에는 체육복 차림의 시세이가 오도카니 앉아 있다.

"……그래서? 오빠, 오늘은 무슨 상담이야."

"어떻게 내가 고민한다는 걸 안 거야?!"

시세이의 느닷없는 물음에 사이토는 놀랐다.

"시세는 오빠에 관해선 뭐든 알아. 오빠가 상담하고 싶을 땐 유난히 시세를 힐끔거려…… 엄청 원한다는 얼굴로."

"워, 원한다는 얼굴은 안 했어."

몸을 움찔거리는 사이토.

"했어. 시세의 가슴에 얼굴을 파묻고 허우적대고 싶다는 오라가 나와."

"파묻는다고……?"

그 정도의 양은 없잖아, 라고 생각한 사이토의 목에 시세이의 춉이 날아들었다. 절묘한 힘 조절 덕분인지 전혀 아프지 않다.

"뭐, 네 추리가 맞아. 요즘 아카네가 기운이 없어서. 어쩌면 좋을까 생각했어."

"한순간에 활력이 도는 주사가 있는데, 줄까?"

시세이가 체육복 주머니에서 주사기를 꺼내 든다.

"왜 그런 걸 들고 다니는 거지? 그런 위험한 약은 필요 없어."

"위험하지 않아. 호조 그룹 연구소에서 정식으로 개발된 약. 피험자의 80%가 맨손으로 문을 뜯어낼 정도의 파워업을 경험했어."

"난 아직 죽고 싶지 않아……."

사이토는 맨손으로 문짝을 날려버리는 아카네를 상상하고 소름이 돋았다.

몰래 바늘을 팔에 가져가는 시세이에게서 주사기를 몰수했다. 뭐가 됐든 호조 그룹 녀석들이 시세이에게 시제품을 넘겨주는 건 그만해줬으면 했다.

"게다가 체력 문제는 아니야. 기분이 많이 가라앉은 것 같아서."

"한 방에 웃음이 멎지 않게 만드는 약도 있어. 안전."

"한 방이라는 표현부터가 이미 위험해. 뭐든지 위험한 약으로 해결하려 들지 마."

사이토는 시세이의 반바지 주머니에 손을 넣어 소지품을 검사했다.

"오빠, 간지러워, 야해."

시세이가 작은 몸을 비틀었지만 조금도 간지러워하는 얼굴은 아니었다.

주머니 속에서는 껌이며 초콜릿이며 멸치 과자 같은 간식들만 발굴되었다. 그 밖에 이상한 주사기가 숨겨진 기색은 없었다.

사이토는 판도라 상자의 내용물을 다시 주머니에 넣어 주었다.

시세이는 흘러나온 멸치 과자를 입에 물고 있었다. 수업 중 식사(?)를 하는 모습에 주의를 시키는 사람은 없다. 체육 교사조차 시세이를 학생이 아닌 UFO를 타고 내려온 공주님 정도로 생각하는 경향이 있었다.

"아카네가 기운 차렸으면 좋겠어? 사랑?"

"그런 선한 이유는 아니야. 단순히 내가 답답해, 동거인이 어두운 얼굴을 하고 있으면."

"역시 오빠. 오만 나르시시스트."

"너도 그렇잖아."

"시세는 자신이 제일이 아니야. 오빠가 웃는 게 제일."

시세이가 사이토에게 어깨를 기댔다.

"고마워."

그렇게 말해주는 사람이 한 명이라도 있다는 사실에 마음이 가벼워진다. 사고회로를 이해할 수 없는 시세이지만 사이토는 그녀의 상냥함을 알고 있다. 친동생 같은 시세이가 사라진다면 사이토는 무척이나 외로울 것이다.

"아카네의 여동생, 어렸을 때 죽었다나 봐."

"응."

조용히 귀를 기울이는 시세이.

"내가 아카네에게 여동생을 떠올리게 해서 아카네가 기운을 잃은 것 같아. 동생이 보고 싶다면서 쓸쓸한 얼굴로 중얼거리고. 내 책임이니까 어떻게든 해 주고 싶은데."

"오빠가 여동생인 척하는 건?"

"나는 무리지. 시세라면 모를까."

하지만 시세이는 일본인답지 않은 외모라 아카네의 여동생이 가진 이미지와는 다를지도 모른다. 애초에 죽은 사람을 대신하는 것은 누구라도 불가능하다.

"넌 슬플 때 어떻게 하면 기운이 나?"

"시세는 오빠랑 놀러 가면 기운이 나."

"놀러 간다라……. 장보기 같은 건 늘 하고 있지만……."

아카네 혼자 슈퍼까지 도보로 다녀오기엔 힘들었기에

짐꾼인 사이토도 필요했다. 2인분의 생활에는 상당한 양의 식자재가 든다.

"아마 그런 건 아닐 거야. 시세는 오빠랑 함께라면 어디를 가도 즐겁지만, 아카네는 기쁘지 않아."

사이토는 학년 최고의 두뇌를 쥐어짜 아카네의 마음을 시뮬레이션했다. 심리 분석, 지금까지의 수집 데이터 검색, 경향의 통계를 순식간에 마치고 아카네의 니즈를 생각해 냈다.

"초저가 슈퍼에 데려가면…… 좋아하겠지?"

"0점."

시세이가 사이토의 이마를 두 손가락으로 찔렀다.

"크윽……."

생애 처음으로 0점을 맞은 사이토는 동요했다.

"어째서! 내 계산이 틀렸다는 거야?! 아카네는 저래 봬도 엄청 알뜰해서 특가 상품을 좋아한다고! 시가의 50% 정도 할인하는 업소용 슈퍼 같은 곳으로 안내하면 눈물을 흘리면서 기뻐할 게 분명해!"

"시세의 분석은 달라. 아카네는 나도 잘 모르지만 완벽한 소녀. 근사한 가게라든가 디저트 가게에 데리고 가면 좋아할 거야."

"아카네가…… 소녀라고……?"

혼란스러워하는 사이토. 저 폭주 드래곤과 소녀라는 단어가 도저히 뇌리에서 이어지지 않았다.

시세이가 침을 흘렸다.

"따라서 오빠는 예행 연습으로 시세를 디저트 가게에 데리고 가야 해. 이번 주는 전 세계 디저트 뷔페 페어가 개최되고 있어."

"너 실은 그게 목적이지?"

"시세의 시세에 의한 시세를 위한 재고 털이 페어라고 해도 돼."

"살살 해줘라……."

사이토는 디저트 가게 경영자에게 동정을 보냈다.


시세이와 디저트 가게에 들렀다 귀가한 사이토는 현관에서 마음의 준비를 했다.

동거인의 기운을 북돋아 주기 위해서라지만 이런 제안을 하는 것은 처음이다. 아카네가 어떤 반응을 보일지 생각하자 심장이 더 빨리 뛰었다.

──힘내라, 나!

사이토는 뺨을 때려 기합을 넣고는 드래곤이 둥지를 튼 주방에 발을 들여놓았다.

아카네는 사이토를 돌아보지도 않고 고개를 숙인 채 국자로 냄비를 젓고 있었다. 그 손놀림에도 평소와 같은 활기는 없었다.

사이토가 헛기침을 했다.

"저, 저기…… 잠깐 할 얘기가 있는데 괜찮아?"

"……몇 시간 정도?"

"잠깐이야, 잠깐!"

"바쁘니까 빨리 끝내줘."

아카네의 태도는 냉랭하기 그지없다. 이건 거절당할 확률이 높겠는데. 그렇다 해도 일단은 말해봐야겠지.

사이토는 깊게 숨을 들이마시고 입을 열었다.

"이번 휴일에 나랑 놀러 가지 않을래?"

"흐엉?!"

들도 보도 못한 얼빠진 소리를 내며 아카네가 돌아보았다.

"노, 놀러……? 식자재 보충이 아니라……?"

"아, 어어. 물자 보급이 아니라 레크리에이션이야. 가끔은 기분 전환으로 어떨까 해서."

사이토가 오른손을 허공에 내밀며 말했다. 수상쩍은 연설가 같은 과장된 몸짓이었지만 더는 자연스러운 모습으로 있을 수 없으니 어쩔 수 없다.

아카네의 얼굴에 당혹스러움이 떠올랐다.

"왜, 왜 나랑……? 그런 건 시세이 씨랑 가는 거잖아……?"

"그, 그건 그렇지만……. 영화라든가, 싫어……?"

"여, 영화?!"

흠칫 놀라는 아카네.

"영화를 보고 나면 디저트 가게에 가도 좋고."

"디저트 가게?!"

뒷걸음질 치는 아카네.

"뭐든 상관없어. 어쨌든 둘이서 놀러 가자."

"둘이서————?!"

목까지 새빨개지는 아카네.

사이토도 얼굴이 홧홧했다.

주방이 묘한 공기에 휩싸이며 사이토는 경솔한 제안을 한 자신을 저주하고 싶어졌다.

사실, 이 공기엔 약간 타는 냄새까지…….

"어, 어이! 냄비 괜찮은 거야?!"

"꺄악?!"

방치된 냄비에서 검은 연기가 피어오르고 있었다.

아카네는 황급히 화구의 불을 끄고 냄비를 움켜쥔 채 복도로 달려 나갔다.

하지만 곧바로 돌아와 주방 입구에 멈추어 선다.

헉헉하는 거친 숨소리. 눈물 어린 눈으로 사이토를 노려보고 있다.

"괘, 괜찮아……."

"뭐가?!"

"그러니까 놀러 가는 거 괜찮다고! 공부도 알려줬으니까! 하지만 호텔만은 안 돼!"

온몸에 검은 연기를 두른 아카네가 냄비를 든 채 현관 밖으로 뛰쳐나갔다.

"어디 가는데?! 정말 괜찮은 거 맞아————?!"

사이토는 폭주하는 아카네를 헐레벌떡 뒤쫓았다.

──이건 역시 데이트지?!

아카네는 사이토의 제안이 떠올라 혼란스러웠다.

둘이서 식자재와 생필품을 사러 가는 건 익숙했지만 놀러 가는 건 처음이다. 히마리와의 데이트를 말렸던 날도 결국 평소처럼 장보기를 마치고 귀가했다.

모처럼 히마리와의 즐거운 시간을 방해한 건 미안하다고 생각한다. 자신이 그 시간을 대신해줄 수 있다면 해야 하는 걸지도 몰라.

하지만 설마, 입학 이래 숙적이었던 자와 데이트라니.

"아카네, 괜찮니? 그러면 못쓰지."

"……아."

할머니인 치요의 말에 정신을 차리니 숟가락으로 안미츠* 그릇을 휘적휘적 젓고 있었다. 과일도 팥도 완벽하게 믹스되어 악마의 이유식처럼 되고 말았다.

치요가 데리고 들어온 전통 과자점.

찹쌀떡 한 개에 1,500엔으로, 여고생이 들어오긴 힘든 가게였지만 맛은 최고였다. 가게 내부에서는 잘 차려입고 일하는 여직원들이 눈에 들어왔다.

"미안해. 제대로 다 먹을게."

"무리할 필요 없단다. 새 걸로 가져달라고 하자꾸나."

"괜찮아. 이것도 맛있어."

---

*팥과 과일 등을 함께 넣어 먹는 일본 전통 디저트.

아카네는 악마의 이유식을 숟가락으로 떠서 목으로 넘겼다.

맛있다는 게 거짓말은 아니었지만, 이왕이면 원형 그대로 먹고 싶었다. 특제 안미츠 3,500엔.

그런 아카네를 테이블 저편에서 치요가 물끄러미 바라보았다.

"……사이토랑 무슨 일 있었니?"

"엑?! 무슨 일이라니, 뭐야?!"

숟가락을 떨구는 아카네.

"그걸 묻고 있잖니. 곤란한 일이 있으면 이 할미한테 뭐든 말하렴. 힘이 되어줄 테니."

"할머니……."

부드러운 미소에 아카네는 마음이 조금 가벼워지는 느낌이었다.

이 문제에 관해서는 단짝인 히마리와도 상의할 수 없었다. 그렇다고 부모님에게 털어놓기는 부끄럽다.

아카네는 머뭇거리며 입을 열었다.

"저기 말이지……? 사이토한테 둘이서 놀러 가자는 말을 들었는데…… 이건, 데이트인가……?"

"…………!"

치요가 눈을 동그랗게 떴다.

주름진 뺨 위로 주르륵 눈물이 흘렀다.

"왜 울어?!"

"겨우…… 이제야…… 사이토와 그런 관계가 됐구나……."

"아니야! 아마 할머니가 상상하는 그런 사이 아니니까! 영화를 보거나 디저트 가게에 가자고 한 것뿐이야!"

"아무리 생각해도 데이트구나. 10개월 후로 병원을 예약해두자."

"안 태어나! 어디까지 멀리 나가는 거야!"

치요가 손을 들어 점원을 불렀다.

"여기요! 팥밥* 좀 갖다주세요!"

"팥밥 주문하지 마──!"

아카네는 뜨겁게 불타는 뺨을 안고 의자 속으로 움츠러들었다.

가게 안의 손님들이 의미심장한 시선을 보내오는 것이 괴로웠다. 할머니에게 상담한 것은 경솔한 짓이었을지도 모른다.

치요가 고급 손수건으로 눈가를 훔쳤다.

"미안해, 이 할미가 너무 들떴구나. 증손자 얼굴 볼 날이 머지않았다고 생각하니 그만."

"실망시켜서 미안하지만 얼마 안 남지 않았어……."

"이 할미는 이제 죽어도 여한이 없구나."

"죽지 마. 오래 살아줘."

평소에는 격식 있는 요릿집을 홀로 운영하며 단골손님인

---

*일본의 전통문화로 결혼을 하거나 아이가 생겼을 때 축하의 의미로 먹는 음식 중 하나.

높으신 분들께도 경외를 사는 여주인 치요. 그 위엄과 냉철함은 아카네도 존경하고 있었지만, 오늘은 상당히 기뻤던 모양이다.

"그래서 아카네는 사이토의 권유를 받을지 말지 고민하는 거구나?"

"아니, 놀러 간다고 대답해 버렸어."

"어머나."

치요가 입을 우아하게 가리며 씨익 웃었다.

"그, 그 얼굴은 뭐야?"

"즉답했구나, 사이토와 데이트에 함께 간다고."

"즉답은 아니었어!"

누가 봐도 확실한 즉답이었다.

"무슨 심경의 변화일까? 사이토를 그렇게 싫어한다고 했으면서."

"싫어하는 건 지금도 변함없어. 맨날 싸우기만 하고, 답지 않게 칭찬을 받으면 좀체 진정하질 못하겠고."

"흐음……. 진정이 안 된다, 라."

치요가 흥미롭다는 얼굴로 중얼거렸다.

"그렇다면 왜 사이토의 권유를 받아들인 거니?"

"……사이토가 간호해 준 적도 있고, 공부를 알려주기도 했고, 여러 가지로 빚이 있었으니까. 빚은 갚지 않으면 찜찜하고."

"그건 나중에 갖다 붙인 이유겠지?"

"으……."

어린 시절부터 아카네를 돌봐준 할머니의 시선은 날카롭다.

"진짜 이유는?"

부드러운 시선에 아카네가 몸을 꼼지락거렸다.

귓불이 타들어 가는 것을 느끼며 기어들어 가는 듯한 목소리로 중얼거린다.

"……조, 조금 재미있을 것 같다고 생각해서."

"아아, 귀여워라! 아카네는 귀여워! 사이토도 덮치고 싶어질 거야!"

"진정해! 평소의 멋진 할머니로 돌아와 줘!"

테이블 위로 훌쩍 끌어안아 오는 치요의 모습에 당황하는 아카네.

"그렇다면 이 할미한테 맡겨라! 이런 일도 있을까 싶어서 다 준비해뒀단다!"

"준비……?"

아카네는 불길한 예감이 들었다.

아직 악마의 이유식이 남아 있었지만 치요가 재촉하는 바람에 서둘러 가게를 빠져나왔다.

택시를 타고 치요의 저택에 도착한 뒤 안쪽 방으로 끌려갔다.

진열된 것은 셀 수 없을 만큼 많은 옷, 기모노, 신발, 장신구. 치요의 물건이라기보단 젊은 세대에 맞춘 디자인들이었다.

"여, 여긴 뭐야……?"

아카네가 당황하자 치요가 상기된 목소리로 알려주었다.

"귀여운 아카네가 사랑을 시작했을 때를 위해 사 모은 아카네 전용 의상실이란다."

"사랑은 한 적 없어!"

아카네가 단호하게 주장했다.

"자, 이런 건 어떠니?"

치요는 아카네의 호소에도 아랑곳하지 않고 연신 즐거워하며 선반에서 옷을 가져왔다.

등과 옆구리가 드러나 있고 하반신에는 깊은 트임이 나 있는 드레스. 새틴 옷감의 광택이 요염한 공기를 내뿜고 있었다.

"할머니? 나는 파티에 가는 게 아닌데?"

"드레스코드가 있는 가게에 갔을 때 청바지를 입고 있으면 곤란하잖니."

"고등학생끼리 드레스코드가 있는 가게엔 안 들어가."

애초에 아카네는 치마나 원피스가 기본이었기에 청바지는 갖고 있지 않았다.

"우선은 속옷부터 골라야 할까? 보렴, 아카네를 위해 준비한 최고의 승부 속옷들을!"

치요가 옷장의 문을 열자 옷걸이에 걸린 대량의 속옷이 모습을 드러냈다.

하늘하늘한 시스루부터 방어력 제로인 T팬티, 어째서인지 엉덩이에 하트 모양 구멍이 뚫린 팬티 등 실용성이 전무한 속옷뿐.

이런 걸 입고 사이토를 만나다니, 생각만으로도 아카네는 머리에 열이 올랐다.

"피, 피피피필요 없어!"

치요가 걱정스럽게 눈을 깜빡였다.

"속옷이 필요가 없어……? 사이토는 좋아하겠지만, 첫 데이트부터 속옷을 안 입는 건 너무 자극이 강하지 않을까?"

"속옷은 입을 거야!"

"그렇다면 제대로 된 속옷을 골라야지. 사이토가 아카네를 벗겼을 때 유아용 속옷 같은 게 나온다면 환멸을 느낄지도 몰라."

"사이토가 그런 짓을 한다면 전력으로 그 녀석 목을 물어뜯겠어!"

아카네가 익은 뺨으로 소리쳤다.


그날은 쾌청한 날씨였다.

뻥 뚫린 것만 같은 푸른 하늘에 멋스러운 흰 붓이 한 줄기.

어린 풀 향을 실은 상쾌한 바람이 주택가의 정원수를 가로지르며 술렁거렸다.

──어울리지도 않는 짓을 한 건 아닐까…….

후회와 불안을 느끼며 사이토가 현관에서 기다리고 있

는데, 공부방의 문이 열리는 소리가 났다.

차분하고 조심스러운 발걸음으로 아카네가 계단을 내려왔다.

"저, 저기…… 기, 기다렸지……."

수줍어하는 얼굴로 난간에 몸을 기댄 그녀는 평소와는 다른 분위기였다.

벚꽃을 연상시키는 연분홍빛 원피스. 허리에 묶인 커다란 리본이 여성스럽고 귀여웠다. 옷단에는 딸기 모양의 레이스가 달려 있고 그 사이로 들여다보이는 맨다리가 눈이 부셨다.

원피스 위로는 얇은 흰색 카디건을 걸치고 있다. 손에 건 작은 가방은 순백이었고, 황금색의 끈이 아름다웠다.

둘이서 장을 봤을 땐 본 적 없는 화려한 코디.

원래부터 외모만큼은 좋았던 아카네가 그런 사랑스러운 모습을 하고 있으니 파괴력이 굉장했다.

그만 시선을 빼앗긴 사이토에게 아카네가 뺨을 붉히며 노려보았다.

"뭐, 뭐야……."

원피스 천을 움켜쥐고 사이토의 시선을 피하듯 몸을 비튼다.

"아, 아니…… 오늘은 기합이 들어가 있구나 싶어서."

"할머니가 억지로 준 거야. 모처럼의 데이트니까 기합을 넣어야 한다면서."

"그, 그렇군⋯⋯."

아카네가 황급히 손을 흔들었다.

"앗, 무, 물론 데이트가 아니라는 건 알아! 부부 사이에 데이트는 성립하지 않으니까! 그저 둘이서 놀러 가는 것뿐! ⋯⋯데이트는 아니지?"

"아, 어어. 데이트는 아니지. 아무렴 아니고말고."

사이토는 가슴이 두근거리는 것을 느꼈다.

부부라도 데이트는 성립되는 법이고, 아카네의 모습은 데이트 차림이었고, 사이토도 제법 멋을 부린 옷을 골라 입었지만 인정할 수는 없었다.

"나랑 네가 데이트를 할 리가 없잖아! 할머니도 참, 그런 착각이나 하고 난감하다니까~, 아하하⋯⋯."

"하하하⋯⋯."

마른 웃음을 흘리는 두 사람.

"그래도 할머니가 사 주셨는데 안 입는 것도 낭비고, 옷은 귀여웠으니까 입어도 되지 않을까 싶어서."

"그래, 확실히 잘 어울리네."

"흐앗?!"

사이토가 순순히 칭찬하자 아카네가 펄쩍 뛰어올랐다.

길고양이처럼 문 너머로 도망쳐서는 얼굴만 내놓고 소리친다.

"하지 마, 그런 거!"

아카네의 얼굴이 새빨갰다. 화내는 것이 아니라 부끄러

워하고 있다는 것이 사이토에게도 전해졌다.

"……미안."

"따, 딱히 사고아지 않아도 돼."

사과하지 말라는 간단한 말조차 제대로 발음하지 못하고 있다. 혀가 제대로 돌아가지 않았다. 어지간히 당황하고 있는 거겠지.

"오늘은 머리 왁스로 세팅 안 했네."

"응. 뻣뻣한 게 좀 불편해서."

사이토는 왁스를 바르지 않은 머리를 만졌다.

아카네가 불평하듯 입술을 삐죽였다.

"히마리랑 데이트하던 날은 세팅했으면서……."

"결국 데이트는 안 했잖아! 세팅해주길 원했냐?"

발을 탕 구르는 아카네.

"뭐어?! 원하지 않아! 기분 나쁘단 말이야!"

"그럼 화낼 필요도 없잖아!"

"화 안 냈어! 성의가 부족하다고 말한 거야!"

"뭐냐고 진짜……."

아카네와의 의사소통은 최종보스급 난이도였다. 즐거운 외출(로 만들어야 하는 날)인데 오늘도 아침부터 싸움이 끊이지 않았다.

주거니 받거니 말다툼을 벌이며 두 사람은 집을 나섰다. 같은 학교의 학생들과 만나지 않기 위해 버스와 전철을 갈아타고 다섯 정거장 떨어진 동네까지 향했다.

역사 안은 휴일을 즐기려는 사람들로 붐볐다. 아카네는 사람의 흐름을 잘 읽지 못하는 것인지 수시로 누군가와 부딪치며 비명을 질렀다.

"아아, 정말! 또 사과도 안 하고 도망갔어! 뭐야 저건!"

"네가 부딪치러 간 거겠지."

"나는 부딪치러 간 적 없어! 장애물이 너무 많은 게 잘못이야! 꺄아?!"

말이 끝나자마자 지나가는 사람과 충돌.

머리는 헝클어지고 가방의 어깨끈은 흘러내리고, 아직 하루가 이제 막 시작했는데 벌써 만신창이다.

"으윽…… 분명 일부러 저러는 거야…… 전 세계가 나의 적이야…….

아카네는 울상이었다.

"어쩔 수 없지…… 내가 끌어줄게."

사이토가 아카네의 손을 잡았다.

"잠깐…….

아카네는 미약하게 저항하는 기색을 보였지만 사이토가 유무를 막론하고 손을 잡아끌자 얌전히 따라왔다.

아카네의 손바닥은 비단결처럼 매끄럽고 약간 서늘했다. 사이토의 손과는 다른 작은 손, 부러질 것처럼 가는 손가락에서 소녀다움을 느꼈다. 무심코 손을 잡았지만 뒤늦게 대담한 짓을 했다는 걸 깨달았다.

──이러면 정말 데이트 같잖아.

의식하니 심장이 더 빨리 뛰었다. 손에 땀이 배어나 아카네가 불쾌하게 느끼지 않을까 걱정이었다.

아카네 쪽을 바라보자 그녀는 붉어진 얼굴로 쭈뼛거리며 사이토를 올려다보고 있었다.

"왜, 왜……?"

갈라진 목소리. 익숙하지 않은 행동에 아카네도 긴장하고 있는 듯했다.

"아, 아무것도 아니야."

"그럼 멈추지 말고 빨리 밖으로 데려가 줘……. 창피하니까."

"아, 어어."

사이토는 더욱 몸이 달아올랐다. 아카네의 손에 힘이 들어가는 것이 느껴졌다.

수치심을 참고 아카네를 데리고 군중들을 헤치고 나가는데 사람들의 시선이 아카네를 향하고 있다는 걸 깨달았다.

특히 남자들. 훑어보는 듯한 시선이 아카네의 온몸을 지나고, 그러고서 사이토를 보고는 불쾌한 얼굴로 바뀐다. 지나쳤는데 굳이 뒤를 돌아 아카네를 보는 남자도 있다.

"기분 나빠…… 오늘도 대놓고 쳐다보는 사람뿐이야. 그렇게 나랑 싸우고 싶은 걸까."

"아니…… 원하는 건 싸움이 아니라고 생각하지만."

"그럼 서로 죽이기?!"

"왜 넌 공격적인 방향으로만 생각하는 거야."

사이토는 쓴웃음을 지었다.

저들의 눈에 비치는 것은 분명 욕망이다. 아니면 선망.

교내에서도 미소녀로 유명한 아카네지만 그 미모는 학교 밖에서도 통하는 것 같았다. 적어도 많은 사람이 한 번 더 돌아볼 만큼은. 어쩌면 일부러 부딪쳤다는 것도 거짓말이 아닐지도 모른다.

그리고 그들은 사이토를 아카네의 연인으로 착각해서 적의를 품고 있었다. 사실 연인 같은 관계가 아니라 단지 결혼만 했을 뿐이지만.

역사 내 지하 통로를 빠져나온 사이토는 계단을 올라 지상으로 나왔다. 인공조명과는 다른 선명한 햇빛에 가벼운 어지러움이 느껴졌다.

"여기까지 오면 괜찮겠지."

"아, 으응……."

손을 놓는 두 사람. 딱히 달린 것도 아닌데 살짝 숨이 찼다. 사이토의 손에 아직도 아카네의 부드러운 손의 감촉이 남아 있었다.

사이토와 아카네는 인근 아치를 지나 상가로 들어섰다.

캐주얼 매장이나 크레프 가게, 잡화점 등 젊은 사람들을 위한 가게가 늘어서 있는 보행자용 길.

무지개색의 거대 솜사탕을 먹으며 걸어가는 사람, 요란한 패션을 하고 노래하는 사람, 수상한 호객꾼 등 난잡한 활기로 가득 차 있다.

오가는 행인 중에는 손을 잡은 학생들의 모습도 눈에 띄었다.

"데이트 중인 커플뿐이네. 한가하면 공부나 할 것이지."

"그러는 우리도 공부 안 하고 놀고 있지만 말이야."

"난 어젯밤에 제대로 이틀 치 공부를 마치고 왔어. 숙제를 방치하고 미래를 버려둔 사람들과는 달라."

아카네가 턱을 치켜들었다.

——숙제를 방치한 사람만 있는 건 아니겠지.

하지만 그런 일로 설전을 벌여도 소용없다.

사이토는 아기자기한 카페 앞에 멈춰 섰다.

"그럼 먼저 고양이 카페라도 가볼까?"

"여기는 안 돼!"

아카네가 창백한 얼굴로 외쳤다.

"왜, 왜 그래? 고양이 좋아하잖아?"

"고양이는 좋아하지만…… 이 고양이 카페는 출입 금지 당했으니까……."

"대체 무슨 일을 저질렀기에?"

사이토가 어이없다는 듯 묻자 아카네는 떳떳하지 못한 얼굴로 눈을 돌렸다.

"따, 딱히 나쁜 짓은 안 했어. 그저 마음에 든 고양이를 너무 귀여워했다고나 할까. 고양이가 지치니까 종일 있지 말아 달라는 소리를 듣거나……."

"아아……. 넌 조절을 못 하는 타입이니까."

"조절했어! 출입 금지를 당하고 나서 한동안은 가게 밖에서 바라보는 걸로 참았다고!"

"참는 방법이 무서워."

분개하는 아카네.

"무서웠던 건 경찰에 불려갈 뻔했던 내 쪽이야!"

"좋아. 여기서 벗어나자. 지금 당장."

이미 고양이 카페의 점원들이 사이토 쪽을 힐끔거렸다. 스마트폰을 들고 언제든지 신고할 태세를 갖추고 있다.

"싫어~! 고양이~! 내 고양이~!"

"네 고양이 아니야."

마구잡이로 날뛰는 아카네를 사이토가 질질 끌고 떠났다.

──매사에 너무 전력투구한다고…….

꿈을 좇는 일에도, 미워하는 일에도, 사랑하는 일에도.

아카네는 언제나 열정적이라 자신의 감정을 속일 줄 모른다. 그 증오만큼이나 그녀의 사랑은 격심하리라.

위험지대에서 충분히 거리를 벌리고 나서야 사이토는 걷는 속도를 늦췄다.

"고양이 카페가 안 된다면 어디로 가야 하나……. 히마리랑은 주로 어디에서 놀았어?"

"카페나 게임센터나 노래방 같은 데서."

"의외로 평범하네."

"평범한 여고생이니까."

"평범한 여고생은 고양이 카페에서 출입 금지를 당하진

않아."

그렇다고는 해도 히마리 쪽은 상식적인 여고생이니 아마 그쪽에 맞추고 있을 것이다. 좋은 친구를 가졌구나…… 하고 사이토는 가슴이 뜨거워졌다.

"그럼 저기 노래방이나 갈까?"

"밀실에 끌고 가서 추잡한 짓을 할 셈이지?!"

아카네가 경계하며 뒷걸음질 쳤다.

"나랑 넌 매일 밀실에 살고 있잖아! 지금 와서 무슨 일이 생긴다는 거야!"

"지진이라든가……."

"대체 어떤 구조로?! 굉장하네, 우리!"

메기가 날뛰면 지진이 일어난다는 옛말은 사이토도 알고 있었다.

"히마리가 알려줬어……. 데이트로 노래방에 들어간 남녀는 반드시…… 뽑…… 뽀뽀를 한다고!"

아카네가 양손을 꼭 모아쥐고 새빨개진 얼굴로 쏘아붙였다.

"반드시는 아니지…… 애초에 데이트도 아니니까……."

"그렇구나! 그것도 그러네!"

그걸로 납득한 거냐! 라고 사이토는 속으로 반박했다. 문제는 데이트로 들어가는 게 아니라 남녀 둘이 들어가는 데 있다고 본다만.

노래방 입구에서 아카네가 사이토를 올려다보았다.

달아오른 뺨을 하고 치켜뜬 눈으로 묻는다.

"야, 야한 짓…… 안 할 거지?"

"……안 해."

"키, 키스 같은 것도…… 안 해?"

"다, 당연히 안 하지."

확실하게 말로 물어보면 괜히 의식하고 만다. 아카네의 촉촉한 입술에 시선이 가려는 걸 사이토는 위를 쳐다보며 애써 외면했다.

자동문을 지나 두 사람은 가게 안으로 들어갔다.

시세이와 놀았을 때 만들어 둔 카드로 사이토가 2시간 코스를 계산했다. 마이크가 담긴 바구니를 들고 방으로 향하는 사이토를 아카네가 어색한 발걸음으로 따라온다.

두 사람 앞에는 먼저 온 커플이 걷고 있다. 팔을 휘감은 채 유난히 질척거리며 통로를 나아가더니 서로 뒤엉켜 방으로 굴러 들어간다. 문 너머로 달콤한 소리가 새어 나왔다.

——제발 그만해 줘…….

사이토는 이름 모를 한 쌍을 원망했다. 뒤를 보지 않아도 아카네의 얼굴이 굳어 있을 것이 눈에 선했다.

사이토가 커플이 들어간 방 옆으로 들어갔다. 소파에 앉아 짐을 내려놓는 두 사람.

아카네는 주위를 두리번거리며 소파 위에서 몸을 꼼지락댔다.

"역시 뭔가 야한 느낌이 들어……. 어째서일까…….”

"아니…… 뭐…….'

그녀의 말도 모르는 바는 아니다.

현실감을 읽게 하는 미묘하게 희미한 조명. 풍겨오는 독특한 향기.

딱딱하고 비좁은 소파와 좁은 실내의 압박감이 밀실에 단둘뿐이라는 상황을 강조하는 것만 같다. 옆방 커플이 대낮부터 달아올랐다고 생각하니 더욱 그랬다.

"이, 일단 곡 넣을게!"

"아, 그래. 나도 뭔가 넣을까."

아카네가 초조한 손짓으로 충전기에서 터치패널 리모컨을 가져와 손가락을 움직였다.

리모컨을 건네받은 사이토가 선곡을 고민하고 있는데 곡이 흘러나오기 시작했다. 화면에 색으로 구분된 가사가 나타났다.

"아…… 두 사람용 곡으로 해 버렸다……. 항상 히마리랑 듀엣으로 부르니까…….'

듀엣을 혼자 부르는 것만큼 공허한 일도 없다.

"이거라면 나도 아는데 같이 부를래?"

"아, 으응. 부탁해!"

아카네는 하트 마크가 붙은 가사를, 사이토는 스페이드 마크가 붙은 가사를 번갈아 불렀다.

요즘 동영상 사이트에서 유행하는 곡. 계속 엇갈리기만 하는 연인을 그린 애절한 가사였다. 후렴구는 제법 빠른 템포라 솔로 부분과 듀엣 부분의 기복이 컸다.

——아카네의 노랫소리가 이렇게 예뻤었나…….

학교 수업에서는 합창이 기본이었기에 사이토는 아카네의 독창을 제대로 들어본 적이 없었다. 하늘을 찌를 듯한 고음, 수정처럼 맑은 목소리가 몸의 깊은 곳을 울렸다.

노래방 안에서 열심히 노래하는 아카네의 모습은 무대 위의 가희보다도 당당했다.

사이토도 지지 않고 저음을 넣어 아카네의 소프라노를 지원했다. 아카네도 사이토의 얼굴을 보며 박자를 맞춰왔다.

두 사람의 목소리가 서로 울려 퍼지며 하나의 음색으로 녹아들고 순도를 더욱 높여갔다. 아카네의 영혼에 젖어드는 감각. 그녀라는 존재가 전에 없이 가깝게 느껴졌다.

꽤 진심을 담아 노래한 건지 반주가 끝났을 때 사이토는 땀투성이가 되어 있었다.

"지금 거…… 엄청 기분 좋았지!"

아카네가 눈을 빛내며 말했다.

"의외로 화음이 잘 맞았네……."

사이토는 놀랐다. 아카네와는 평소 싸움만 해서 듀엣이 제대로 될까 싶었다.

"히마리랑도 이렇게 딱 맞아떨어진 적은 없었어."

"그래?"

"응. 걔랑은 오래전부터 노래방에 갔으니까 누구보다 맞추는 건 익숙할 텐데……."

아카네가 입가에 검지를 갖다 대고는 고개를 갸웃했다.

"왜 그럴까……."

하지만 나쁜 기분은 아니었다. 듀엣을 하는 도중, 사이토도 신기할 정도의 편안함을 느꼈다. 곡이 끝나가는 게 아쉬울 정도로.

"저기 있지! 더 맞춰서 불러보자!"

기분이 좋아진 아카네가 리모컨 쪽으로 몸을 내밀었다.

리모컨이 사이토의 수중에 있던 탓에 자연스럽게 두 사람의 어깨가 밀착됐다. 아카네의 무릎이 사이토의 무릎과 닿았고 목덜미에선 달콤상큼한 향이 풍겼다.

그런 걸 깨닫지 못한 것인지, 신이 나서 신경이 쓰이지 않는 것인지 아카네는 흥얼거리며 다음 곡을 넣었다. 듀엣 곡만으로 예약을 꽉 채워버렸다.

둘이 함께 열창하다 보니 순식간에 두 시간이 흘러갔다.

노래방을 나온 아카네가 기지개를 켜며 만족스러운 얼굴로 중얼거렸다.

"하아~, 기분 좋았다……."

느슨하게 풀어진 표정, 황홀감에 젖은 뺨은 은은한 색향을 띠고 있었다. 그렇게나 노래방에 들어가는 것을 망설였는데 의외로 제대로 만끽한 것 같았다.

"너랑 나랑 궁합은 최악이지만 목소리 궁합은 최고인가 봐!"

아카네가 꽃이 흐드러지듯 밝게 웃었다.

──예쁘다.

사이토는 그렇게 생각한 스스로가 어색해 시선을 외면했다. 자신의 내부에서 톱니바퀴가 맞물리지 않는, 묘한 위화감이 생겨나고 있었다.

"너무 많이 불렀더니 목마르다. 슈퍼 같은 데 없나?"

바깥에 나왔는데도 자판기가 아닌 슈퍼에서 주스를 사려는 모습이 근검절약하는 아카네다웠다.

"그렇다면 적당한 곳이 있는데 가 볼래?"

"어디 슈퍼?"

"슈퍼는 아니야. 요즘 생긴 가게인 것 같은데 100% 과일 주스 전문점이야."

"그런 곳은 비싸잖아?"

인상을 찡그리는 아카네.

"가격은 좀 있을지도 모르지만…… 딸기도 있어."

"딸기! 갈래, 갈래!"

아카네가 얼굴을 빛냈다.

"너…… 딸기라면 뭐든 오케이구나. 딸기를 트럭에 담아 준다고 하면 누구든지 따라갈 것 같아."

"그렇지 않아! 빨리 그 딸기 전문점의 위치를 알려줘!"

"딸기 전문점은 아니지만……."

이렇게 딸기를 탐하는 인간은 사이토도 본 적이 없었다.

두 사람은 완만한 내리막길로 된 상가 거리를 내려갔다. 무지개 솜사탕을 파는 가게 건너편에 과일 주스 전문점이 있었다.

색색으로 된 아기자기한 간판에 내부는 파스텔 톤. 외벽이 유리로 되어 있어서 점원이 작업하는 모습을 볼 수 있었다. 주문할 때 먹고 갈지 테이크아웃할지를 선택할 수 있는 것 같다.

가게 바깥쪽에는 그네 몇 개가 설치되어 있었는데 그곳도 좌석으로 이용할 수 있게 되어 있었다. 사이토는 레모네이드, 아카네는 딸기주스를 주문하고 그네에 나란히 앉았다.

"예쁘다……."

아카네가 플라스틱 잔을 들고 바라보았다. 햇빛을 받은 딸기주스는 붉은 보석을 녹인 것처럼 반짝였다.

"안 마셔?"

사이토가 묻자 아카네가 황급히 잔을 품에 숨겼다.

"마실 거야! 너한테 뺏기기 전에!"

"딱히 안 뺏을 거야."

사이토는 자신의 레모네이드를 마셨다.

진한 레몬의 풍미와 톡 쏘는 탄산. 주스라기보단 레몬에 빨대를 꽂아 즙을 빨아들이는 느낌이었다.

아카네는 딸기주스 빨대에 입술을 가져갔다. 조심스레 작은 혀를 빨대 끝에 가져가 보더니, 이내 빨대를 물고 단숨에 마신다.

점점 커다래지는 눈동자.

"으으음~~~~~!"

아카네는 어깨를 들썩이고 다리를 바둥거리며 온몸으로 기쁨을 표현했다.

"이 딸기주스 너무 맛있어! 시럽보다 달콤한데 부자연스러운 달콤함이 아니라 딸기 그대로라는 느낌! 딸기 자체도 신선해서 밭에서 따서 바로 먹는 느낌이야! 여기 점장은 인간 국보로 지정해서 보호해야 해!"

"인간 국보는 좀 오버지."

"오버가 아니야! 그 정도로 굉장하다니까! 너도 마셔봐!"

아카네가 딸기주스 잔을 사이토에게 내밀었다. 자신이 무슨 말을 하고 있는지 모를 정도로 흥분하고 있다는 게 상기된 뺨을 통해 전해졌다.

나중에 혼나는 것도 곤란했기에 사이토는 미리 확인해 두었다.

"간접 키스가 될 텐데 괜찮아?"

아, 하고 아카네가 놀란다.

"역시 안 돼! 이 변태!"

눈에 띄게 당황하며 컵을 가져간다.

"자기가 권해놓고 변태라니……."

"내, 내가 먼저 권유한 것처럼 말하지 마!"

"어딜 어떻게 봐도 네가 먼저 권유했잖아!"

멋쩍음을 감추기 위해서라지만 너무 부조리하다.

"그, 그럼 됐어."

아카네가 잔을 사이토에게 내민다.

"……뭐?"

"그러니까! 조금 정도라면 줄 수 있다고 말하는 거야!"

울먹이며 분하다는 듯 고개를 숙였다.

"아니…… 네가 좋아하는 거니까 다 마셔."

그녀에게 딸기를 빼앗으면 후대까지 저주가 내려질 것 같았다. 그 정도의 리스크를 무릅쓸 만큼 사이토는 딸기에 집착하지 않았다.

아카네는 빨대를 물고 가볍게 그네를 흔들며 주스를 마셨다. 꽃에 내려앉은 나비가 꿀을 빨고 있는 것 같은, 한 폭의 그림 같은 모습이었다.

"이런 가게를 잘 알고 있네. 항상 시세이 씨랑 오는 거야?"

"너랑 처음 온 거야. 좀 알아봤거든."

"그래……."

아카네가 입을 다물었다.

여리여리한 맨발에 신은 하얀 샌들이 돌바닥 위에 둥둥 떠 있다.

그네가 삐걱거리는 소리가 희미하게 사이토의 귓전을 때렸다.

아카네가 땅을 바라보며 중얼거리듯 물었다.

"……왜 나한테 놀러 가자고 했어?"

"그건…… 그냥 어쩌다 보니."

사이토는 대답을 얼버무렸다. 솔직히 대답하긴 부끄러

웠던 탓이다.

"어쩌다 그럴 수는 없어. 넌 합리주의자거든. 평소와 다른 일을 할 땐 반드시 이유가 있어."

"잘 아네."

"적을 알고 나를 알면 백전백승이라고 하잖아."

아카네가 의기양양한 얼굴로 가슴을 폈다.

"그래서, 왜 그런 거야?"

사이토 쪽으로 몸을 기울인다.

궁금해서 참을 수 없다는 오라가 아카네에게서 흘러넘쳤다.

이 이상 얼버무려봤자 소용없는 싸움만 낳겠지.

사이토는 부끄러움을 무릅쓰고 자백했다.

"내가 여동생을 떠올리게 해 버려서 네가 기운이 없었잖아."

눈을 동그랗게 뜨는 아카네.

"설마…… 나 기운 차리게 해 주려고 놀러 가자고 한 거야?"

"뭐, 솔직히 말하면 그거지."

"흐음……. 흐―――――――음…………."

아카네가 사이토의 얼굴을 아래에서 올려다보듯 물끄러미 응시했다.

"뭐, 뭐야……."

사이토는 거북한 느낌에 몸을 물렸다.

아카네가 그네의 고리를 잡고 수줍게 웃어 보인다.

"……기운, 났어."

커다란 눈동자가 부드럽게 휘어지고 입술이 잔잔한 호선을 그렸다.

녹아내리는 듯한 미소에 사이토는 그만 넋을 잃고 말았다.

화를 낼 때의 아카네는 도깨비지만, 웃고 있을 땐 천사였다.

──아깝다. 항상 웃으면 좋을 텐데.

걸핏하면 시비를 걸 게 아니라 늘 저런 솔직한 표정을 보여준다면 누구든지 아카네에게 반할 것이다.

아카네는 씩씩하게 그네에서 내려오더니 사이토 쪽을 돌아보았다.

"보답으로 다음엔 어디든 네가 좋아하는 곳에 가 줄게!"

"어디든……?"

"앗, 야한 장소는 안 된다?! 그 외엔 어디든 좋아! 노래방도 딸기 전문점도 나만 즐겼잖아."

"그렇다면 가고 싶은 곳이 있어."

아카네랑 갈만한 장소를 인터넷에서 물색하던 중 재미있어 보이는 가게를 발견했었다. 언젠가 혼자서 가 볼까 했었는데 동행이 있어도 나쁘지 않겠지.

"알았어! 안내해!"

기세등등하게 내뱉는 아카네와 함께 사이토는 상가 거

리의 샛길로 접어들었다. 고딕 계열 상점과 핸드메이드 잡화점 사이를 빠져나오자 도로변 길이 나왔다.

허름한 상가와는 다른 분위기로, 큰길가엔 새 빌딩이 들어서 있었다.

주얼리 매장 쇼케이스 앞에서 아카네가 걸음을 멈췄다.

"와아……."

새하얀 상자를 장식하고 있는 건 신상 반지.

금색 링에 하트 모양으로 된 붉은 보석이 박혀 아름다운 광채를 내고 있었다.

아카네는 꽤 오랜 시간 동안 쇼케이스에 달라붙어 반지에 시선을 빼앗기고 있었다.

"……갖고 싶어?"

사이토가 물으니 아카네가 헉하고 정신을 차린다.

"따, 딱히! 반지 같은 건 요리할 때 방해만 돼!"

팔짱을 끼고 고개를 돌리지만 시선은 어물어물 반지로 쏠리고 있다. 거짓말에 서툰 소녀다.

"갖고 싶으면 사면되잖아."

"못 사! 너무 비싸!"

그 말에 가격표를 본 사이토는 그곳에 적힌 수많은 0에 흠칫 놀랐다.

"확실히…… 비싸네."

아카네가 한숨을 쉬었다.

"그렇지? 고등학생이 살 수 있는 가격이 아니야. 어른이 돼서 직접 돈을 벌고 생활에 여유가 생기면 그때 살 거야."

"그때까지 남아 있을까……?"

문외한인 사이토가 보기에도 빼어난 디자인. 자칫했다간 며칠 안에도 다 팔릴 것 같았다. 아카네 이외에도 몇몇 여성 손님들이 진지하게 쇼케이스를 보고 있었다.

"나, 남아 있을 거야, 무조건! 안 그러면 점원과 손님들을 저주하겠어!"

"죄 없는 사람은 저주하는 거 아니야."

상거래만 했는데 저주의 대상이 되는 세상이라니 무섭잖아.

"그럼 점원과 손님을 습격할 거야!"

"네가 도적이냐?"

"이 세상은 약육강식이야!"

"그래도 요즘 시대엔 경찰이 더 강해."

절대적인 힘으로서 경찰이 존재하기에 법치 국가의 치안이 유지된다. 사람을 따르게 하는 궁극적인 방법은 결국 폭력뿐인 것이다.

"으윽…… 내가 출세만 하면…… 두고 봐……."

"그 위협은 너무 진부한데."

그 반지에 제대로 반한 것인지 아카네는 가게를 떠난 뒤에도 몇 번이나 쇼케이스를 돌아보았다. 알기 쉬웠지만 역시 좀 가여웠다. 그렇다고 사이토가 주스를 사듯이 한턱낼 수 있는 금액도 아니었다.

두 사람은 큰길의 대각선 횡단보도를 가로질러 대형 건물의 1층 점포로 들어갔다.

　널찍한 공간에 진열된 것은 온갖 종류의 영양제.

　각종 미네랄, 비타민, 단백질 등 유명한 영양제에 더해 루테인이나 톱야자, 가바 등 소수 취향의 라인업도 갖추고 있었다.

　벽에 그려진 것은 근육으로 가득 찬 남녀.

　고릴라처럼 튼튼한 잇몸을 드러내며 마초적인 포즈를 취하고 있다.

　계산대의 점원도 우람한 체격으로, 계산대의 어디에서 그런 근육을 사용하는지 알 수 없는 상완이두근을 자랑하고 있었다.

　"우와……."

　주얼리 매장 때와는 달리 파리해진 안색을 한 아카네가 싸늘한 얼굴로 중얼거렸다.

　"여긴…… 그러니까…… 지옥?"

　"전국 유일의 영양제 시식 전문점이야."

　"영양제 시식?!"

　사이토는 설레는 마음으로 가게를 둘러보았다.

　"영양제 회사가 리서치를 하기 위한 가게지. 설문에 답하는 대신에 손님은 원하는 영양제를 마음껏 먹을 수 있다고 하더라."

　"그런 거 마음껏 먹고 싶지 않아!"

"어째서?! 몸에 좋은데?!"

"역으로 몸에 나쁠 것 같아!"

아카네는 당장이라도 가게에서 뛰쳐나갈 듯한 분위기를 풍기고 있었다.

사이토는 빠른 걸음으로 진열장에 다가가 색색의 알약을 집어 입에 넣었다. 뇌수에 스며드는 듯한 자극에 몸을 떤다.

"크윽…… 오는구나…… 이 비타민 B는!"

"영양제를 먹은 사람의 감상이 아닌 것 같은데?!"

눈을 크게 뜨는 아카네.

우람한 점원이 사이토에게 다가왔다.

"손님, 잘 아시네요. 이쪽 상품도 드셔보세요. 신개발 칼슘인데 흡수율을 기존 제품의 300배로 늘렸습니다."

점원이 직접 입에 넣어준 알약을 사이토가 으득 깨물었다.

"칼슘이…… 뼈에 쏙쏙 들어오고 있어……!"

"반응이 오죠? 한번 맛보면 중독된다니까요."

"난 이제 평범한 칼슘으로는 못 돌아갈 것 같아……."

"돌아와, 사이토! 이상한 세계에 빨려 들어가지 마!"

아카네가 필사적으로 사이토의 머리를 두들겨서 고치려고 했다.

"이상한 세계가 아니야. 이거야말로 이상의 세계, 아르카디아다!"

점원이 주머니에서 슬며시 흰 가루가 든 봉지를 꺼냈다.

"그런 손님께 꼭 시험해주셨으면 하는 물건이 있습니다."

"여기 합법적인 가게죠?"

"물론 합법입니다. 신개발 프로틴이죠. 단 한 번만 마셔도 올림픽 우승 수준의 근육을 손에 넣을 수 있다는……."

"엄청난 프로틴이군!"

사이토는 감동했다.

"도저히 합법성이라고는 느껴지지 않아……."

"광고 문구는 『당신은 목숨과 맞바꿔 근육을 얻을 각오가 되어 있는가?』입니다."

"절대 안 팔릴 것 같으니까 광고 문구는 다시 생각해 보는 게……."

점원이 사이토에게 흰 가루가 든 봉지를 내밀었다.

"어떻습니까, 손님. 해보시겠어요?"

"해보죠. 전 물 없이도 프로틴을 마시는 훈련을 마쳤으니까!"

사이토가 힘차게 고개를 끄덕이며 프로틴을 단숨에 넘겼다.

가루! 온통 가루 천지!

질 좋고 진한 프로틴이 목을 직격했다.

뭉게뭉게 연기가 피어오르며 비강에서 분진이 뿜어져 나왔다.

콜록콜록 기침해대는 사이토가 급히 물을 찾았다. 점원에게 건네받은 아미노산 계열 음료로 목의 프로틴을 넘기고는 간신히 살아났다.

"정말~, 바보 아니야?"

아카네가 어깨를 움츠렸지만, 거기에 평소와 같은 적의
는 없었다.

오래 사귀어온 친구처럼 밝게 웃어준다.

이런 날이 계속되면 좋겠다고 사이토는 생각했다.

사이토와 아카네의 데이트, 아니, 조금 특별한 외출 이
후 하룻밤이 지나고.

"왜 TV를 보면서 밥을 먹는 거야?"

"너도 아침엔 항상 TV 보잖아!"

두 사람은 아침부터 테이블을 사이에 두고 싸우고 있다.

무기인 포크를 장착한 아카네는 지옥의 악마 형상.

"오늘의 계란말이는 애써서 만든 거야! 시금치랑 당근을
사용해서 안에 무로마치 막부*가 성립된 연호를 써났으
니까!"

"아니, 지나치게 애썼잖아! 등교 전인데 뭐 하는 거야!"

그리고 노력의 방향을 모르겠다. 아시카가 다카우지가
겐무시키모쿠**를 제정한 해를 계란말이에 내포시키는 이
점을 사이토는 가늠할 수조차 없다.

"공부가 되잖아!"

"계란말이로 공부할 생각은 없어."

"알파벳을 공부하기 위한 비스켓도 있잖아!"

"아아…… 시세가 먹는 걸 본 적은 있다만……."

하지만 시세이는 봉투를 열고 (마치 청소기 같은 흡입력
으로) 입에 직접 비스킷을 쏟아 넣고 있었기에 학습에 활
용된 모습을 본 적은 없었다.

---

*1336년부터 1573년까지 일본을 통치한 막부 시대를 말함.

**建武式目. 당시 막부의 법령.

아카네가 주먹을 부르르 떨었다.

"내 혼신의 역작을…… 넌 알지도 못하고……. 바보 같은 얼굴로 TV나 보면서 우걱우걱 먹기나 하고……."

"맛있었어."

"그런 말을 바란 게 아니야! 제대로 된 연호를 마음에 새기면서 먹길 바랐어!"

사이토가 한숨을 쉬었다.

"그렇다면 먼저 알려줘."

"말하지 않아도 알아차려! 대단하다고 칭찬하라고! TV를 보지 말고 내 요리를 봐!"

"네네, 대단합니다."

"말투에서 진심이 느껴지지 않아!"

"그럼 어쩌라고! 무릎이라도 꿇으면 만족하겠어?!"

"이제 됐어! 먼저 나갈래!"

아카네는 분연히 자리에서 일어나 계단을 뛰어 올라갔다.

──왜 이렇게 되는 건데…….

사이토는 테이블 위에서 머리를 쥐어뜯었다.

외출로 거리가 좁혀져서 조금은 평화롭게 지낼 수 있을 거라 기대했는데, 변함없이 한결같은 전쟁터. 금세 두 사람의 톱니바퀴는 맞물리지 않게 됐다.

뇌리에 떠오른 것은 그네에 앉아 있을 때 아카네의 웃는 얼굴.

천사처럼 순수하고 여신처럼 가련한.

그녀가 항상 웃어준다면 사이토의 삶은 놀랍도록 쾌적해질 터였다.

──그러고 보니 그 녀석, 반지를 갖고 싶어 했었지…….

반지를 선물하면 아카네는 또 그 미소를 지어줄까. 사소한 일로 싸우지 않고 평온한 나날을 보낼 수 있을까. 물건으로 마음을 사는 건 내키지 않았지만, 성의 표시의 수단으로는 나쁘지 않았다.

──뭐, 고등학생이 쉽게 살 수 있는 액수는 아니지만.

사이토는 아카네가 남긴 계란말이를 젓가락으로 집어들어 연호를 바라보고는 입에 던져 넣었다.


방과 후, 시세이가 사이토의 책상에 찾아왔다.

작은 몸집으로 아담한 책가방을 란도셀처럼 메고 있다.

"오빠, 같이 가자. 돌아가는 길에 얻어먹을래."

"왜 내가 사는 걸로 확정된 거냐."

"오빠가 여동생에게 사 주는 건 세계의 섭리. 부의 재분배."

"분명하게 네 쪽이 더 풍족하게 살고 있다고 생각하는데……."

근본적으로 서민인 사이토와 아가씨 집안에서 자란 시세이는 타고난 생활 수준이 달랐다. 지금은 할아버지인 텐류가 생활비를 보내주고 있지만, 아카네와의 공유재산이라 함부로 낭비할 순 없었다.

"정정할게. 시세는 오빠의 손에서 먹이를 먹고 싶을 뿐.

얻어먹는 것 자체가 기뻐."

"갑자기 저자세로 나왔네."

하지만 귀여웠다. 책상에 손을 얹고 올려다보는 모습은 정말 먹이를 기다리는 아기 고양이 같았다.

오빠의 마음도, 주변의 반 아이들 마음도 사로잡았다. 수많은 여자아이가 지갑을 꺼내든 채 들썩거리고 있었지만 그건 잘 간직해두라고 사이토는 생각했다.

"고기만두 정도라면 사 줄 수 있는데…… 오늘 너희 집에 가도 되냐?"

"가출인가."

"가출은 아니야."

"시세 집에 정착?"

"놀러 가는 것뿐. 괜찮아?"

"물론. 시세 집은 오빠 집."

시세이가 스마트폰을 꺼내 버튼을 눌렀다. 일반적인 스마트폰보다 둥글고 고양이 귀가 달려 있다.

"오빠 특급편 코스. 시급히."

시세이는 간략하게 용건만 말하고 통화를 끊었다.

"뭐야, 그 수수께끼 코스는."

"특급으로 차를 불렀어. 오빠가 놀러 온다면 어디 들르는 건 아까워."

사이토의 손을 이끌고 교실을 나선다. 평소와 다름없는 무표정이지만 가벼운 걸음걸이에서 들떴다는 것을 알 수 있었다.

두 사람이 현관으로 내려가니 이미 시세이 집안의 차량이 도착해 있었다. 도대체 어디에서 대기하고 있었는지, 법정 속도는 지킨 것인지 모두 불명. 호조 가문이 하는 일에 일일이 태클을 걸어 봐야 소용없었기에 사이토는 서둘러 흰색으로 칠해진 고급 차에 올랐다.

"수고하셨습니다, 아가씨, 사이토 님."

시세이 집안의 전용 운전사가 인사했다.

모습은 메이드였고 직책도 시세이 주변 청소반 겸 간식반 겸 경호원 겸 감시원인, 즉 종합 돌보미였다.

남자 운전사는 시세이를 유괴할 위험이 크다는 이유로 여자들이 선발되는데, 반 여자애들도 수시로 시세이를 만지작거리니 성별은 상관없는 것 같았다.

"미안해, 갑자기 데려다 달라고 해서."

"아뇨, 아가씨를 위해서니까요."

메이드 운전사가 백미러 너머로 사이토를 응시했다. 시세이를 닮은 쿨한 타입으로 미소를 짓고 있는데도 표정은 그다지 바뀌지 않았다.

"안전 운전 부탁해."

"그럼 날아가겠습니다."

"안전 운전이라고 말했지!"

"이쪽이 반대로 안전합니다."

"반대로?!"

일본어가 잘 통하지 않았다.

"설령 물체와 격돌하더라도 그 물체의 전자가 회전하는 속도보다 빠르게 통과하면 손상 없이 빠져나갈 수 있습니다."

"그런 괴기현상이 일어날 수 있겠냐!"

사이토의 항의에도 아랑곳하지 않은 메이드 운전사는 전력으로 액셀을 밟았다. 미터기가 일시에 벗어나며 차는 돌풍과 함께 교문을 뛰쳐나갔다.

시세이가 주먹을 들어 올렸다.

"달려라, 달려~."

"분부대로, 아가씨."

"이 이상 부채질하지 마!"

사이토의 제지는 통하지 않았다.

차는 빠른 속도로 커브를 돌아 다른 차들 사이를 뚫고 나가며 폭주했다. 딱히 누군가에게 쫓기는 것도 아닌 나홀로 카체이싱.

시세이는 사이토에게 매달렸고 사이토는 날아가지 않게 좌석에 매달렸다.

"어이, 빨간불! 방금 빨간불이었다고!"

메이드 운전사는 의이하다는 얼굴이었다.

"음, 무슨 일이 있었습니까? 너무 빨라서 못 봤습니다."

"운전 스킬에 동체시력이 안 달려 있으면 위험하잖아!"

"문제없습니다. 이 차량에는 호조 그룹이 개발한 최신

충돌 방지 기능이 탑재되어 있습니다. 시속 300km까지는 충돌 제로입니다."

"속도 제한 기능도 달아줘!"

시세이가 다정하게 사이토의 손을 잡았다.

"안심해, 오빠. 시세가 같이 있어."

"시세가 옆에 있어도 그 무엇도 안심이 되지 않아……."

"여차하면 시세가 쿠션이 될게."

"그만둬. 평생의 트라우마가 될 거다."

사이토는 시세이를 팔 안에 가두고 충격에 대비했다.

무섭게도 메이드 운전사의 드라이빙 기술은 진짜였다. 평소 같았으면 확실하게 부딪쳤을 좁은 골목길을 조금의 긁힘도 없이 빠져나갔다.

사이토가 식은땀을 흘리는 사이 차는 목적지에 도착했다.

높은 담장과 견고한 문에 둘러싸인 광활한 부지.

정원에는 장미꽃이 만발해 있고 안쪽에는 훌륭한 양옥이 우뚝 솟아 있다.

동화 속에 들어온 건가 하는 의심이 들 정도로 환상적인 고딕 계열의 건축물.

현관문이 열리자마자 복층으로 된 넓은 천장과 거대한 스테인드글라스가 눈에 들어왔다.

벽면에는 시세이의 초상화와 조각상이 장식되어 있다. 딸바보다움이 유감없이 발휘된 부분인데, 그런 충동에 휩싸이는 것도 이해 못 하는 건 아니었다.

사이토와 시세이는 정면의 계단을 통해 시세이의 방으로 올라갔다.

캐노피 침대와 우아한 테이블이 놓인, 마치 공주가 사는 듯 동화스러운 방. 사이토의 본가 거실을 두 번 합친 것보다 넓었고 바닥에는 아름다운 융단이 곱게 깔려 있었다.

전체적으로 소녀풍 인테리어지만 솜인형과 서양 인형이 섞여 있고 수정 구슬이 장식되어 있어서 좀 수상쩍은 분위기가 풍겼다.

사이토가 융단 위에 앉아 기다리고 있자 시세이가 의상 방에서 드레스를 가져왔다. 사이토가 있는 것도 개의치 않고 눈앞에서 교복 치마를 벗기 시작한다.

"왜 굳이 여기서 갈아입는 거야……."

"다른 방에서 갈아입으면 오빠랑 보내는 시간이 사라져서 아까워."

"그런 건 금방 끝나잖아."

"1분도 아까워. 오빠하고 시세 사이니까 부끄러워하지 않아도 돼."

시세이의 허리에서 치마가 흘러내리며 흰색 스타킹을 입은 다리가 허리께까지 드러났다. 매끄러운 실크 옷감 너머로 작은 속옷이 비치고 있다.

"딱히 부끄럽지는 않은데……."

여동생이나 다름없는 상대에게 욕정을 낼 만큼 사이토는 짐승이 아니었지만, 그저 좀 어색할 뿐이었다.

그리고 시세이의 용모는 너무나도 아름다운 탓에 속세의 욕망을 거절하는 분위기를 내고 있었다. 여자도 소녀도 아닌, 요정이라고 부를 수밖에 없는 신비로운 모습.

다만 그 요정은 블라우스를 벗지 못하고 허우적대고 있다. 단추를 풀지 않고 갈아입으려고 꾀를 부린 탓에 목과 손목이 걸린 것이다.

"도~와~줘~."

"하여간, 못 말려. 자, 만세."

"만세."

시세이가 순순히 두 손을 들었다.

사이토가 블라우스를 잡아당겨 벗겨주자 푸하, 하고 시세이가 숨을 내쉰다.

레이스와 프릴이 어우러진 사랑스러운 캐미솔 차림. 가냘픈 쇄골 위로 긴 머리가 흘러내리고 새하얀 어깨는 희미하게 빛을 띠고 있었다.

"오빠. 어때? 시세의 알몸은."

"감상을 요구해도 곤란해."

"예뻐?"

시세이가 눈을 올려 뜨며 사이토를 바라보았다. 서양 인형보다도 긴 속눈썹. 다른 인간이었다면 이성이 파괴됐을 수준의 이상야릇한 오라가 감돌고 있었다.

"뭘 새삼스럽게. 넌 누가 봐도 예뻐."

"기뻐."

시세이가 캐미솔만 입은 채 사이토를 껴안으려 했지만, 사이토는 그보다 빠르게 시세이의 머리에 드레스를 뒤집어씌웠다. 욕정을 느끼진 않는다고 해도 눈에 해롭다는 것은 변함이 없었다.

사이토는 시세이에게 드레스를 입혀주고 등에 있는 지퍼를 올려주었다. 시세이는 사복에서 화려함을 추구했기에 혼자 입을 수 없는 옷들이 많다.

마지막으로 드레스 소매와 허리의 리본까지 깔끔하게 매어주었다. 내친김에 흐트러진 머리까지 다듬어주자 시중드는 메이드라도 된 기분이었다.

시세이는 인형처럼 눈도 깜빡이지 않은 채 물끄러미 사이토를 바라보았다.

"오빠는 상냥해. 시세를 무조건적으로 귀여워해 줘."

"네가 위태로우니까 어쩔 수 없이 돌봐주는 것뿐이야."

"시세가 나이아가라 폭포에 다이빙하면 더 돌봐줄 거야?"

"거기까지 돌봐주진 못할 것 같은데."

사이토는 구조 전문가도 아니고 망토를 두른 영웅도 아니다.

"우리 집에서 오빠랑 노는 거 오랜만. 뭐 하고 놀까?"

"아무거나 상관없어."

"그럼 시체 놀이."

시세이가 곧바로 융단 위로 굴러갔다.

"미안, 아무것도 상관없다는 건 거짓말이야. 시체 놀이

이외로 부탁해."

"인형 놀이는?"

"그 정도면 기쁘게 놀아줄 자신 있지."

남녀 고교생이 하기엔 유치한 놀이였지만 시세이가 하면 위화감도 없었다. 어렸을 때부터 상대해왔기에 사이토도 익숙했다.

"할아버지가 아는 회사에서 특별 주문 인형을 만들어줬어."

시세이가 옷장에서 인형 두 개를 가져왔다.

누가 봐도 모델은 사이토와 아카네였다. 그건 둘째치고 얼굴이 진짜처럼 너무 리얼했다. 게다가 얼굴은 실물 크기인데 몸매는 보통 인형이라 등신의 언밸런스가 오싹한 분위기를 풍겼다.

"이건 좀…… 위험한데."

사이토는 인형을 손에 들고 싶지 않은 마음이 최대치까지 상승했다.

"여러 가지 최신 기능이 들어가 있어. 예를 들어 이 스위치를 누르면……."

시세이가 아카네 인형의 왼쪽 가슴을 눌렀다.

인형의 눈이 붉게 빛나며 밑바닥에서 울리는 것 같은 음성이 흘러나왔다.

"인류를…… 전부…… 멸한다……."

"……봐, 닮았지?"

뿌듯한 얼굴을 짓는 시세이.

"확실히 특징은 파악하고 있는데 너무 무서워."

아마 맨 처음 절멸당할 사람은 자신일 것이기에 사이토는 오싹했다.

시세이는 아카네 인형의 오른쪽 가슴을 꾹 눌렀다.

"이쪽 버튼을 누르면 무기가 발현돼."

인형의 왼팔이 기계처럼 변하며 화염방사기가 나타났다. 오른팔도 반으로 갈라져 전기톱이 폭음을 울리며 튀어나왔다.

"시세는 알아. 오빠는 이런 걸 좋아하지?"

"좋아하는데! 너무 멋있는데! 이 인형 아카네한테는 절대 보여주지 마라!"

"어째서? 분명 아카네도 기뻐할 거야."

"안 기뻐해! 죽을 만큼 화낼 거라고!"

잘못하면 실제로 사망자가 나올지도 모른다.

시세이가 아카네 인형을 갖고 사이토에게 자신의 인형을 들게 했다.

"오늘의 인형 놀이는 이걸로 싸우자."

"도저히 내가 이길 것 같진 않지만……."

화염방사기와 전기톱을 장비한 생물 병기와 맨몸으로 맞붙는 건 불리했다.

"괜찮아, 오빠의 인형은 프로틴을 먹으면 파워업하는 기능이 있어."

"호오…… 미묘한 기능을 달아났네."

사이토는 넣을 곳을 찾았지만 좀처럼 찾지 못했다.

"프로틴 주입구는 여기 달려있어."

시세이가 인형의 엉덩이를 가리켰다.

"나한테 프로틴을 엉덩이로 먹는 습관은 없어."

"참고로 주입구에 가솔린을 넣으면 한층 더 파워업 해."

"엉덩이로 가솔린을 먹는 취미도 없어!"

시세이 속 자신의 이미지는 대체 어떤 것인지 사이토는 걱정이 들었다. 몸의 구조는 어디까지나 인류와 다름이 없었기에 가솔린을 점막으로 섭취한다면 죽고 말 것이다.

시세이가 아카네의 인형을 사이토 인형에게 격돌시켰다.

"으랴~."

"으악~."

오빠의 의무로 같이 놀아주는 사이토. 자신의 인형을 바닥에 굴린다.

인형 놀이에 아주 성실하게 임하고 있는 두 사람은 각각 학년 성적 1위와 3위. 고등학교에 입학해 아카네가 나타나기 전까지만 해도 2위는 시세이였다.

시세이가 아카네 인형을 흔들며 승리를 만끽했다.

"우후후, 사이토는 지금 일격으로 말살됐어."

"아니, 인형 놀이할 생각은 있는 거야?"

일격에 싸움이 끝나버리면 이야기가 이어지지 않는다.

"괜찮아, 오빠는 죽어도 살아나니까. 내 수족인 좀비로!"

"적어도 뱀파이어 같은 걸로 해줘."

사이토가 요청을 넣자 시세이가 인형을 내던졌다.

"오빠는 욕심쟁이야. 뱀파이어가 되려면 시세가 생피를 마셔야 해."

달려드는 시세이.

"의미를 모르겠네! 진심으로 물지 마!"

목을 쪽쪽 빨렸다. 어린 흡혈귀 같아서 사랑스럽긴 했지만, 꽤 아프고, 키스 마크 같은 자국이 남을 것 같았다.

사이토는 떼 내려고 했지만, 시세이는 악착같이 붙어 떨어지지 않았다. 힘 조절을 잘못했다간 시세이의 팔이 빠질 것 같아서 무리하게 내칠 수도 없다.

사이토와 시세이가 엎치락뒤치락하는 사이 복도에서 발소리가 들려왔다.

소리가 점차 가까워지고 곧 방문이 열렸다.

"너희들 뭐 하는 거니?"

"오?" "아."

일시 정지한 시세이와 사이토.

방문 입구에 서 있는 건 빈틈없이 딱 달라붙는 치마를 입은 미녀.

물결치는 풍성한 긴 머리와 윤기 나는 립스틱이 인상적이다.

타인과 시선을 마주한 것만으로도 경외감을 불러일으킬 것 같은 형형한 눈빛, 가늘게 다듬어진 눈썹.

그녀는 호조 레이코, 시세이의 어머니이자 사이토의 고

모였다.

비록 사촌 동생이라 해도 같은 또래의 남녀가 얽혀 있는 것을 목격당하는 것은 문제가 있다. 시세이의 입술은 사이토의 목에 눌려 있고 사이토의 손은 시세이의 가슴을 안고 있었다.

"고모, 이건……."

사이토가 해명하려는데 레이코가 사이토에게 달려들었다.

"둘이서만 노닥거리다니 치사해~! 사이토가 집에 왔다면 알려줬어야지!"

사이토의 머리를 거칠게 쓰다듬으며 이마며 뺨에 키스비를 퍼붓는다.

"잠깐, 고모……."

화려한 스킨십에 사이토는 당황했다.

레이코의 남편, 즉 시세이의 아버지는 러시아인이고 레이코 본인도 외국 생활이 길었던 탓에 애정 표현도 서구풍이었다. 참고로 시세이의 아버지는 호조 가문에 데릴사위로 들어왔다.

시세이가 레이코의 치마를 잡아당겼다.

"그 정도만 해. 오빠가 립스틱 범벅이 돼."

레이코가 못마땅한 얼굴을 했다.

"시세이도 사이토한테 잔뜩 키스했을 테니까 이번에는 엄마 차례잖아?"

"잔뜩은 안 했어. 립스틱을 묻히고 돌아가면 오빠가 아카네한테 외도를 의심받아서 살해당할 거야."

"딱히 바람이라고 생각하진 않겠지만…… 사망 위험은 크겠네."

아카네는 결벽적인 부분이 있으니 파렴치하다느니 말하면서 격노할 것 같았다. 셔츠에 묻은 립스틱은 돌아가기 전에 닦아놔야지.

레이코는 마지못해 사이토를 풀어주었다.

"오늘 밤은 우리 집에서 저녁 먹고 갈 거지? 요리사한테 사이토가 좋아하는 걸 준비하라고 할게."

"저녁엔 일찍 들어가야 해. 아카네가 저녁을 챙겨주거든."

사이토가 거절하자 레이코가 고운 눈썹을 찡그렸다.

"신혼 같은 소리 하긴."

"일단은 신혼이야."

"아버지 명령으로 동거하는 것뿐이잖아. 그렇게 신경 쓰지 않아도 될 텐데."

"신경을 안 쓰면 집이 전쟁터가 된다고……."

이건 사랑 넘치는 배려가 아니다. 생존을 위한 보호 전략이었다.

사이토 역시 친부모보다 자신을 더 아껴주는 고모의 호의를 거절하는 것은 괴로웠다. 하지만 아카네의 역린을 건드렸을 때의 아수라장을 상상하면 어리석은 짓은 할 수 없었다.

"어쩔 수 없지. 다음엔 꼭 먹고 가?"

"응, 아카네한테 제대로 말하고 올게."

"그럼 아래에서 차나 마시자."

복도로 나가려고 하는 레이코를 사이토가 불러세웠다.

"그 전에 잠깐 상의할 게 있는데."

"드디어 우리 집에 양자로 들어올 결심이 선 거야?"

"그쪽이 아니야. 혹시 고모 회사에서 일손 필요하지 않아? 내가 도울 일이 있으면 알바를 좀 하고 싶은데."

무능하다는 이유로 호조 그룹에서 쫓겨난 사이토의 아버지와 달리 그의 여동생인 레이코는 그룹 내 소프트웨어 회사 사장직을 맡고 있었다. 부사장은 시세이의 아버지다.

"호조 집안 사람이 알바라니……. 그렇게 하지 않아도 돈이 필요하면 아버지한테 달라고 하면 될 텐데."

레이코가 순수한 아가씨다운 말을 뱉었다.

"할배한테 빚을 늘리는 건 사양하고 싶어. 터무니없는 요구를 할 것 같으니까."

"아버진 독재자 같은 분이시니까. 그렇다고 내가 터무니없는 요구를 안 할 거라는 보장은 어디 있지?"

"고모는 그런 짓은 안 할 거라고 믿어."

"후한 평가네. 나도 호조 가문의 여자, 이익으로만 움직이는 사람이야."

의자에 걸터앉아 아름다운 다리를 꼬며 사이토를 바라보았다. 고등학생 딸이 있는 나이임에도 그 모습은 오싹할 정도로 요염했다.

"사이토, 뭔가 숨기고 있지? 그 돈이 왜 필요한 거지?"

뱀처럼 서늘한 눈빛에 사이토는 몸을 움츠렸다.

호조 가문의 정당한 피를 이어받아 1미크론 이하의 오점──위화감조차 찾아내는 레이코 앞에서 발뺌할 수 있을 리가 없었다.

사이토는 단념했다.

"……선물을 사고 싶어."

"그래."

그 한마디로 레이코는 선물의 상대까지 간파한 것 같았다.

사이토가 할아버지인 텐류에게 빚을 지고 싶지 않아 하는 건 사실이지만, 그뿐만은 아니었다. 텐류에게 받은 돈으로 아카네에게 선물을 사는 건 어쩐지 아닌 것 같은 느낌이 드는 것이다. 자신이 노력해서 번 돈으로 줘야 할 것 같은 막연한 기분이 들었다.

시세이가 게슴츠레한 눈으로 사이토를 바라보았다.

"시세는 엄청나게 상처받았어……. 오빠가 우리 집에 온 목적이 시세랑 놀기 위해서가 아니라 여자한테 선물을 사주기 위해서였다니……."

"아니, 그런 건 아니야! 주로 너랑 놀려고 온 거야! 이 이야기는 겸사겸사!"

"정말?"

"정말로."

"거짓말이면 가솔린 마실 거야?"

"어, 어어……. 거짓말이 아니니까."

사이토는 엉덩이를 보호했다.

"그렇다면 용서할게."

시세이가 사이토의 팔에 머리를 비벼왔다. 기분 좋다는 듯 눈을 감은 모습이 아기 고양이 같았다.

하지만 틈만 나면 기름을 먹이려는 소녀에게 방심해서는 안 됐다.

레이코는 턱을 괴고 생각에 잠겼다.

"아르바이트라……. 사이토한테 부탁할 만한 일이 있으려나……."

"사무실 청소 같은 것도 괜찮아."

사이토가 제안하자 레이코가 스윽 눈을 흘겼다.

"좀 더 호조 가문의 인간이라는 자각을 가지렴, 사이토. 특히나 넌 아버지의 뒤를 이어 제왕이 될 인간이야. 그런 네가 허드렛일을 한다니, 인정받을 수 있겠어?"

"청소도 필요한 일이야."

"하지만 사자와 토끼는 다르지. 왕은 왕의 길을 가야 해. 그렇지 않아도 어디서 굴러먹다 온 개뼈다귀 같은 서민 계집애랑 결혼시켜서 오점이 남았는데……."

"고모는 이 결혼에 반대인 건가."

"당연하지. 내가 원했던 건……."

레이코가 시세이 쪽으로 시선을 던졌다.

시세이는 잠자코 고개를 저었고 그 모습을 본 레이코는

한숨을 내쉰다.

"뭐, 됐어. 그러고 보니 우리 회사의 소프트웨어를 번역하는 부서가 좀 곤란한 상황이야. 현지화하는 언어가 워낙 마이너해서 쓸 만한 번역자를 찾지 못하는 것 같아."

"그런 곳을 현지화해서 돈을 벌 수 있어⋯⋯?"

언어를 쓰는 사람이 적으면 자연히 매상도 줄어들 것이다.

"자선사업의 일종이지. 원가 무시로 기반 시스템을 쓰게 해주는 대신 그 나라의 IT 인프라 사업을 호조 그룹이 다 받아 갈 생각이야."

"전혀 자선사업이 아니네⋯⋯."

대가가 어마어마하다. 애초에 합리성의 결정체 같은 호조 그룹이 국제 사회를 위해 움직일 리가 없다.

"그 나라 언어, 사흘 만에 배울 수 있겠어?"

레이코가 터무니없는 요구를 해왔다.

"사흘이라고? 무슨 바보 같은 소리야."

사이토가 어깨를 으쓱했다.

그리고 천천히, 손가락을 세운다.

"⋯⋯하룻밤. 그 정도면 다 외울 수 있어."

레이코가 입술을 비틀며 웃었다.

"역시 내 조카야. 어리석은 오빠랑은 전혀 달라. 네가 내 아들이었다면 좋을 텐데."

고개를 끄덕이는 시세이.

"그러면 오빠가 피로 이어진 오빠가 돼."

"지금도 피는 이어져 있잖아."

"좀 더 진하게 연결됐으면 좋겠어. 지금부터라도 늦지 않았으니까 튜브를 꽂아서 오빠와 시세의 피를 모두 교환할래."

"그런 수술을 했다간 돌이킬 수 없는 사태가 될 것 같아."

사이토는 시세이를 피해 뒷걸음질 쳤다.

"현지화 보수는 충분히 쳐줄 거고 기자재도 우리 쪽에서 준비하겠지만 조건이 있어."

"뭔데?"

레이코는 시세이와 사이토의 얼굴을 번갈아 보았다.

"작업은 이 집에 와서 진행할 것."

"현지화 작업 정도는 우리 집에서도 가능할 것 같은데."

"이건 필수조건이야. 받아들일 수 없다면 너에게 부탁하지 않겠어."

교섭의 여지가 있을 만한 분위기가 아니었다. 레이코의 의도는 불분명했지만 여기서 함부로 이의를 제기하는 것도 좋은 방법은 아니었다.

"……알았어. 여기에 와서 작업할게."

"착하네. 넌 내 말만 잘 들으면 그걸로 됐어."

레이코가 싱긋 미소 지으며 사이토의 머리를 쓰다듬었다. 어떻게든 자신의 요구를 관철하려는 것은 텐류에게서 물려받은 걸까, 호조 가문의 전통인 걸까.

"아버지가 나잇값도 못 하고 첫사랑의 환상을 좇는 건

자유지만…… 난 딸이 더 귀엽거든."

레이코가 나지막하게 중얼거렸다.


자택의 공부방에 들어간 사이토는 책상에 자료를 준비했다.

어휘력 증강용 참고서, 문법 교본, 사전, 용례 사전을 놓았다. 덧붙여 현대 소설, 비즈니스서, 고전문학을 각각 일본어와 기억할 대상 언어로 1권씩 준비했다.

수업만 들으면 부동의 전교 1등을 차지하는 사이토가 이 공부방에서 공부하는 것은 처음이었다.

"자…… 입력해 볼까."

사이토는 어휘 증강용 참고서를 펼쳐 페이지를 넘기기 시작했다. 지면을 훑어보며 단어와 번역을 뇌에 흘려 넣어 순식간에 기억한다.

시동이 걸리면 안구를 움직이지 않고도 사전처럼 페이지 전체를 한꺼번에 뇌에 스캔해서 효율적으로 움직일 수 있었다.

그건 더 이상 인간의 영역이 아니다.

컴퓨터와 비슷한 처리를 컴퓨터를 훨씬 능가하는 유기적 뉴런 결합체로 실행한다. 전기신호가 대뇌피질을 뛰어다니며 불꽃을 튀겼다.

대량의 어휘를 입력한 뒤 다음은 문법을 인풋하여 뇌 내에 그 언어의 사고회로를 구축했다. 용례 사전을 통해 다양한 패턴을 파악하고 어휘를 대상 언어의 개념에서 적절한 위치에 배치해 나간다.

"서, 설마…… 네가 공부를 하다니……."

상당히 집중하고 있었던 건지, 정신을 차려보니 아카네가 옆에 우두커니 서 있었다. 전에는 죽어도 사이토의 방에 발을 들여놓으려 하지 않았는데.

"무슨 일이야?! 죽을 때가 된 거야?!"

"난 죽을 때에만 공부하냐. 공부 정도로 왜 호들갑이야."

사이토가 참고서를 책상에 두었다.

"그야 넌 남들이 열심히 공부하고 있을 때『나? 흐음, 너희들 같은 벌레랑은 다르니까 악착같이 공부 안 하는데?』라고 오만하게 말하는 녀석이라고 생각했으니까……."

"그거 엄청 짜증 나는 녀석이네. 내 이미지는 그 정도인가."

하지만 완강히 부정할 수 없다는 것이 괴로운 부분이었다.

"좀 배우고 싶은 언어가 있어서."

"영어?"

"영어는 이미 전부 외웠어."

"전부라니……?"

"말 그대로 전부. 사전의 내용, 문법, 용례 사전, 그리고 영어권의 백과사전을 스무 권 정도. 영어를 읽지 못하면 일본어로 번역되지 않은 책을 못 읽어서 불편하거든."

주춤거리는 아카네.

"너는 학교에 오는 의미가 있어?"

"학교는 중요해. 난 아직 열여덟이니까 독서뿐 아니라 학교생활을 통해 정서나 의사소통 능력을 발달시킬 필요가 있어."

"말하는 게 열여덟이 아니잖아. 전생의 기억이라도 있는 거야?"

"전생 같은 오컬트는 안 믿어."

"네 존재 자체가 오컬트야!"

"실례네. 호조 가문 인간들은 다 이런 느낌이라고."

사이토가 어깨를 으쓱했다.

부친은 호조 가문의 재능이 발현되지 않았기에 그룹에서 쫓겨나 영세 기업에서 평사원으로 일하는 처지가 됐지만.

사이토는 기억 대상 언어와 일본어 소설을 양쪽에 펼쳤다. 두 언어의 같은 문장을 번갈아 가며 읽어 나갔다.

"뭐 하는 거야……?"

"단어와 문법의 인풋은 끝났으니까 번역된 소설을 읽고 비교하면서 머릿속에서 숙성시키고 있어. 이렇게 잘 섞어 줘야 시냅스가 알맞게 적응하니까."

사이토는 뇌의 숙성을 돕기 위해 관자놀이를 손가락으로 문질렀다.

"네가 무슨 말을 하는지 모르겠어."

"이제 하룻밤 자고 기억을 정착시키면 완성이야."

아카네가 눈을 동그랗게 떴다.

"설마 하룻밤 사이에 새로운 언어를 배울 생각이야?"

"그럴 생각이야. 시간도 별로 없으니까."

여유를 부리고 있으면 목표로 한 반지가 다 팔릴지도 모른다.

아카네는 분하다는 얼굴로 사이토를 바라본다.

"널 내 안에 넣고 싶어……."

"뭔가 야하네."

"그, 그런 의미가 아니야! 변태니?!"

새빨개지는 아카네.

몸을 지키듯이 방구석으로 뒷걸음질 치지만 그쪽은 문의 반대편이라 도망갈 길은 없었다. 스스로 본인을 몰아붙이는 타입인지도 모른다.

"네 뇌를 갖고 싶다는 거야! 당장 잘라서 나한테 넘겨!"

"살벌하게!"

사이토는 심장이 떨리는 것을 느꼈다.

감동이 아닌 순수한 두려움 때문이었다.

"괜찮잖아, 닳는 것도 아니고."

"닳아. 나는 뇌가 무한하게 증식하는 생물이 아니야."

"상어는 이빨이 빠져도 여분의 이빨이 계속 나와. 악어도 새 이빨이 나오고."

"난 상어도 악어도 아니야."

평균적인 인간보다 다소 성적은 좋지만 신체 구조는 평범한 사람이었다. 어류나 파충류, 특히 흉악한 무리와 같은 능력을 기대하지 말아줬으면 좋겠다.

"그보다 내 뇌를 넣으면 그건 아카네가 아니라 아카네의 몸을 손에 넣은 내가 되는 건데 그건 괜찮은 거야?"

확인하듯 묻는 사이토의 말에 아카네가 흠칫했다.

"그, 그랬어! 내 몸을 내주지는 않을 거야!"

"내 뇌도 안 넘겨."

서로 노려보는 두 사람.

세상의 그 어느 부부가 인체의 부품을 두고 심야에 이런 싸움을 벌일까……라고 사이토는 생각했다. 향후는 소중한 뇌를 지키기 위해 헬멧을 착용하고 자야 할지도 모른다.

"그런데 갑자기 언어 공부는 왜 시작했어? 해외여행이라도 가려고?"

아카네가 고개를 기울였다.

"아니, 그런 건 아닌데."

"그럼 어째서?"

"그건…… 뭐, 신경 쓰지 마. 너랑 상관없어."

사이토가 단호히 뿌리치자 아카네가 분노한다.

"상관없지만 그 태도가 마음에 안 들어! 이유를 알려줘!"

"거절할게. 대단한 이유도 아니야."

아카네에게 줄 선물을 사기 위해, 라는 부끄러운 말을 할 수도 없고 가능하면 당일까지 숨겨놨다가 놀라게 해주고 싶었다.

"대단한 이유가 아니라면 알려줘도 되잖아?! 당장 말해! 당장 말하란 말이야————!!"

울컥한 아카네가 사이토의 팔을 마구 흔들었다.


방과 후, 사이토는 시세이에게 이끌려 저택으로 향했다.

하얗게 칠해진 고급 차로 오고 가는, 아르바이트라고는 생각할 수 없는 대우였다.

하지만 메이드의 운전은 여전히 가차 없었기에 사이토는 대중교통을 이용하고 싶은 마음이 간절했지만, 시세이가 허락하지 않았다. 차 안에서도 줄곧 사이토의 팔에 달라붙어 있는 통에 도망칠 여지도 없었다.

저택에 도착하자 사이토는 시세이의 방으로 안내되었다.

시세이가 평소 쓰는 하얀 책상 위에 새 컴퓨터가 놓여 있었다. 그 옆에는 마호가니 목재로 된 책장이 있고 그 안에 번역용 자료가 가득 차 있다.

"오늘은 고모 안 계셔?"

사이토가 시세이에게 물었다.

"엄마는 도저히 빠질 수 없는 거래처 상담이 있댔어. 현지화할 소프트웨어랑 번역 지원 소프트웨어, 설명서 같은 건 컴퓨터에 넣어놨대."

"잘됐네. 방해될 테니까 다른 방에서 작업할게."

컴퓨터를 옮기려는 사이토의 앞에서 시세이가 양팔을 벌려 길을 막아섰다.

"안 돼. 오빠는 여기서 작업해."

"누가 일하고 있으면 너도 편하게 못 있잖아."

"오빠가 있는 곳이라면 시세는 어디서든 편히 있을 수 있어. 기껏 한집에 있는데 떨어져 있으면 아무 의미도 없어."

"네가 괜찮다면 상관없지만."

사이토는 컴퓨터를 책상으로 되돌린 채 의자에 앉았다.

시세이가 사이토의 무릎에 걸터앉았다.

"당연하게 거기 앉지 마라."

"오빠 무릎은 시세 거."

"아니야. 조작하기 힘들잖아."

"조작 같은 건 안 해도 돼. 대신 시세가 번역할게."

"자연스럽게 남의 일자리를 빼앗지 마."

사이토는 옆구리를 잡고 시세이를 들어 올려 아무렇게나 내팽개쳤다.

"아~."

데굴데굴 융단을 굴러가는 시세이.

사이토는 PC를 기동했다. 얼굴과 지문 인증을 하니 로그인에 성공했다.

소프트웨어의 누설을 막기 위함일 거다. 보안은 철저해 보이지만 사이토의 얼굴과 지문 데이터에 대해서는 보안이 전무했다. 언제 누구에게 채취됐는지조차 알 수 없었기에 사이토의 등골에는 땀이 맺혔다. 이 상태라면 홍채나 유전자 데이터도 이미 수집됐을 것 같았다.

사이토가 현지화할 소프트를 기동해 동작을 확인하기 위해 만져보고 있는데 목덜미에 축축한 감촉이 덮쳐왔다.

"히약?!"

놀라서 뒤돌아보는 사이토.

"오빠 귀여워. 놀랐어?"

시세이가 작은 혀를 내밀고 사이토 쪽으로 몸을 내밀고 있었다. 아무래도 목을 날름날름 핥고 있었던 것 같다.

"난 일하러 온 거야! 방해하지 마!"

"시세를 상대하는 것도 일에 포함."

"그런 부탁은 받은 적 없어!"

시세이가 사이토를 빤히 바라본다.

"받지 않았어도 암묵적으로 들어 있어. 시세가 말하면 엄마는 오빠한테서 번역 일을 뺏어가."

"큭⋯⋯."

사이토는 당황했다. 평소에는 잘 협력하던 시세이가 오늘따라 어쩐지 강경했다.

"혹시 삐진 거야? 아카네한테 선물을 사려고 아르바이트해서?"

"아니야. 오빠의 생활을 쾌적하게 만들기 위해 아카네를 회유할 선물이 필요한 건 알고 있어."

"그렇게까지 알고 있는 건가⋯⋯."

과연 시세이, 통찰력이 만만치 않다.

시세이가 사이토의 무릎에 두 손을 얹고 호소하듯이 올려다본다.

"하지만 시세의 기분도 생각해 줘. 오빠가 결혼하고 나서 시세가 오빠랑 보내는 시간은 줄었어. 오빠의 꿈을 위해 어쩔 수 없는 일이지만 시세는 쓸쓸해."

"시세⋯⋯."

사이토는 미안한 마음이 들었다.

초연한 언동이 두드러져서 잊어버리기 쉽지만, 시세이도 인간이고 열일곱 살 소녀였다. 인간의 감정이 있고 가족과 지내고 싶어 하는 것도 당연했다.

"미안해. 내가 무신경했어."

사이토가 시세이의 손을 잡았다.

시세이가 고개를 젓는다.

"오빠는 나쁘지 않아. 환경이 갑자기 변했는데도 오빠는 잘하고 있어."

"넌 나한테 너무 물러."

만약 시세이가 누나였다면 사이토는 눈 깜짝할 새에 무능한 사내가 되어 버렸을 거다.

"시세도 오빠한테 응석 부리고 싶어."

"뭔가 사과의 뜻으로 해줄 만한 게 있으면⋯⋯."

"이쪽."

시세이가 사이토의 손을 이끌어 침대에 누웠다.

호화로운 캐노피 침대. 푹신한 침구에 싸인 채 고딕 드레스 차림으로 누워있는 시세이는 정말 공주 같아 보였다.

시세이가 사이토에게 두 손을 내밀며 졸랐다.

"오빠, 옛날처럼 시세를 다정하게 재워줘."

"어쩔 수 없네."

사이토가 나란히 눕자 품 안으로 시세이가 미끄러지듯 들어왔다.

작고 부드러운 감촉. 시세이가 가느다란 다리를 사이토에게 휘감았다.

우유 같은 달콤한 향이 사이토에게도 자연스레 전해졌다.

시세이가 사이토의 가슴에 코를 묻고 숨을 내쉰다.

"오빠 냄새…… 좋아……. 오빠랑 붙어 있으면 너무 기분 좋아……."

멍한 듯 요염함을 띤 목소리.

"하여간……."

별다른 뜻이 없는 말이라는 걸 알면서도 사이토는 멋쩍은 기분이 들었다. 가족 같고 친동생이나 다름없는 상대라지만 그녀는 지나치게 아름다웠다.

"머리 쓰담쓰담 해줘."

"이거면 돼?"

"응……."

사이토가 머리를 쓰다듬자 시세이가 눈을 감고 어깨를 꼼질거린다.

몽롱한 표정으로 사이토의 손에 머리를 꾸욱 누른다.

서로의 호흡이 녹아들며 점차 조용해졌다. 어렸을 때부터 익숙해진 체온과 냄새, 맥동하는 리듬이 두 사람의 의식을 가라앉혔다.

결국 그날은 시세이와 함께 깊이 잠들어버린 탓에 사이토는 전혀 일을 하지 못했다.


현관문이 열리는 소리가 들려 아카네는 2층의 공부방을 나왔다.

계단을 내려가니 교복 차림의 사이토가 현관에서 신발을 벗고 있었다.

"……오늘도 늦었네. 어디 들렀다 왔어?"

아카네가 묻자 사이토는 어딘가 찔리는 듯한 표정을 지었다.

"그냥 볼일이 끝난 것뿐이야."

"볼일이라니 뭔데?"

"너랑은 상관없어."

또다. 갑자기 공부를 시작한 것도 그렇고 요즘의 사이토는 상태가 이상했다. 매일같이 밤늦게 돌아온다. 전에는 아카네가 손수 만든 요리를 맛있게 먹어줬는데 오늘은 저녁도 필요 없다고 했다.

"피곤하니까 오늘은 씻고 잘래."

"앗……."

아카네의 옆을 사이토가 지나쳤다.

은은하게 달콤한 냄새가 사이토에게서 풍겨왔다. 음식 냄새도, 집에서 나는 샴푸 냄새도, 사이토 본인의 냄새도 아니다.

이건, 여자의 냄새.

──혹시, 바람?

순간적으로 떠올리고는 곧바로 고개를 저었다.

바람이라니 무슨 소리야. 자신과 사이토의 결혼은 어디까지나 형식일 뿐이다. 바람을 피우든 애인을 몇 명이나 만들든 사이토 마음이었다.

하지만…… 신경 쓰여. 어쩐지 마음속이 찜찜했다.

형식뿐인 결혼이지만 두 사람 다 꿈을 위해 공동생활을 하는 관계이나 한마디 정도는 해줄 수 있지 않나.

조부모가 눈치채지 못하게 입을 맞추기 위해서라도, 바람 상대의 이름은 아카네에게 알려줘야 하는 것이 아닌가.

아카네가 생각에 잠긴 사이 사이토는 이미 사라지고 없었다. 사이토의 공부방 쪽에서 소리가 들렸다.

분노한 아카네는 계단을 뛰어 올라가 공부방 문을 힘차게 열어젖혔다.

"너, 아직 얘기 안 끝났──."

안에서는 사이토가 교복에서 실내복으로 갈아입는 도중이었다.

비명을 지르며 문을 닫는 아카네.

"왜 이런 데서 옷을 갈아입는 거야?!"

"내 방인데?!"

"벽장 안에 틀어박혀서 갈아입으면 되잖아!"

"자기 방 안에서 그런 답답한 짓을 하나?!"

문 너머로 사이토의 곤혹스러움이 전해졌지만, 아카네 역시 곤혹스러웠다. 지금 당장 잊고 싶은데 사이토의 반라가 망막에 박혀 들었다.

방 안의 소리가 사라지자 아카네가 조심조심 문을 열었다.

옷을 다 갈아입은 사이토는 의자 그늘에 몸을 숨기고 있었다. 기습에 대비하는 병사의 자세였다.

"……왜 숨어 있는 거야."

"네가 화내니까……."

"특별히 죽이진 않을게. 더 큰일이 날 수도 있지만."

"잠깐 나갔다 올게."

뒷걸음질 치는 사이토. 창문으로 뛰쳐나갈 태세였지만 여긴 2층이다.

놓칠세라 아카네는 거리를 좁히며 팔짱을 꼈다.

"그래서?! 숨겨진 애인은 몇백 명이나 있는 건데?!"

"애인?!"

"있잖아?! 네가 시치미 떼도 나한텐 전부 보여! 너한테 아이가 10억 명 정도 있다는 건 훤히 보여!"

"환상이라도 보는 거야……? 괜찮아……?"

사이토는 진심으로 걱정스러운 표정을 지었다. 10억 명은 좀 지나쳤을지도 몰라.

그렇다고 해도 여기까지 온 이상 제대로 사실을 확인하지 않으면 아카네는 안심할 수 없었다.

강한 어조로 사이토에게 선포한다.

"네가 끝까지 고백하지 않겠다면 나에게도 생각이 있어."

"뭐, 뭐야⋯⋯?"

사이토가 꿀꺽 목을 울렸다.

"그러니까⋯⋯ 그래⋯⋯ 뭘까⋯⋯. 뭔가 굉장히 무서운 짓을 벌일 거야!"

"아직 생각도 안 했잖아!"

"시, 시끄러워! 어슴푸레하게 생각하고 있었어! 자세한 계획이 아직일 뿐이야! 그때 가서 울어도 모른다!"

아카네가 사이토의 코앞에 검지를 들이댔다. 여유 없는 모습의 스스로가 부끄러웠던 건지 살짝 울상이 되고 만다.

사이토가 어깨를 으쓱했다.

"애인 같은 게 어디 있겠어. 내게 있어 최우선은 꿈을 이루는 거야. 할배한테 들켜서 망치는 짓을 하진 않아. 너도 그렇잖아?"

"그, 그렇긴 하지만⋯⋯."

애초에 아카네는 연애에 관심이 없었다. 사이토와 억지로 결혼하지 않았다면 결혼 같은 건 생각도 못 했을 것이다.

사이토는 책상에서 책을 펼쳐두고 아카네에게 등을 돌렸다.

"너한테 폐는 안 끼쳐. 그러니 좀 놔둬."

"⋯⋯윽!"

아카네는 이를 악물고 방을 나갔다.

할머니가 자주 가는 전통 과자점에서 아카네가 말차를 주문했다.

양손으로 찻잔을 들고 단숨에 들이켜고는 푸하, 숨을 내쉰다.

몸에 스며드는 찻잎의 쌉싸래함.

안 마시고는 못 배긴다는 어른들의 기분을 오늘만큼은 조금 알 것 같다.

"잘 마시네. 저기요, 이 아이가 마실 말차 한 잔 더."

할머니인 치요가 추가 주문을 넣어주었다.

아카네는 꼬치를 뜯듯이 경단을 물어뜯으며 덥석덥석 먹어 치웠다. 벚꽃의 풍미가 담긴 떡 안에 고급 단팥이 감싸여 있다.

"요즘 사이토의 귀가가 늦어. 내가 만든 저녁도 안 먹는다고 하고. 어디서 뭘 하는지 알려주지도 않고."

푸념하는 아카네를 치요가 미소 지으며 바라보았다.

"아카네가 직접 만든 요리를 사이토가 먹어줬으면 좋겠구나."

"아, 아니…… 먹어줬으면 하는 게 아니라! 나한테 뭔가 숨기는 게 싫은 거야!"

"사이토가 걱정되니?"

"걱정하는 거 아니야!"

"텐류 씨의 손자인 만큼 사이토는 훌륭한 청년이지. 다른 여자애들한테도 인기가 많지 않니?"

"정말~! 놀리지 마, 할머니! 그런 거 아니야!"

아카네의 얼굴이 달아올랐다.

"사이토를 노리는 아이는, 정말 없어?"

치요는 탐색하듯 아카네의 눈을 들여다본다.

히마리의 얼굴이 떠올라 아카네는 주춤했다.

"이, 일단…… 있는데……. 그 애랑 만나는 건 아니라고 생각해. 사이토랑 무슨 일이 있다면 나한테 제대로 보고해 줄 거고. 사이토가 늦게 들어오는 날 그 애는 카페에서 알바 중이었고."

"어머나. 아르바이트 중인지 아닌지 신경 쓰여 확인해 봤구나."

"으…………."

밤에 히마리와 통화하면서 은근슬쩍 확인해 본 아카네였다. 어째서 그렇게까지 신경이 쓰이는지 자신도 잘 모르겠다. 행동에 제어가 안 됐다.

치요가 작게 한숨을 내쉬었다.

"아카네는 자기 마음을 솔직히 내보이는 것에 서투르니까 말이지."

"그렇지 않아. 화가 났을 땐 제대로 깨닫게 해주고 있어."

아카네가 주장했지만 치요는 쓰게 웃었다.

"할머니도 젊은 시절엔 솔직하지 못했단다. 텐류 씨가 데이트 신청을 했을 때도 도무지 간다는 말이 나오지 않았지. 정말 가고 싶었는데 바로 달려들면 품위 없는 여자로

여겨질 것 같아서 창피했어."

"어…… 할머니랑 사이토 할아버지가 이뤄지지 않은 건 할머니 때문이었어?"

아카네가 눈을 동그랗게 떴다.

치요가 어색한 듯 헛기침을 했다.

"텐류 씨가 권유하는 방법도 강요하는 느낌이랄까, 교만했던 것도 있었지만. 그래도, 뭐…… 내가 상황을 악화시킨 건 부정할 수 없구나. 텐류 씨에게 나무통에 든 물을 모두 끼얹은 적도 있고……."

"두 사람 사이에 무슨 일이 있었던 거야?"

과거의 치요는 상당한 말괄량이였나 보다. 어느 모로 보나 고상한 노부인 같은 지금 모습으로는 상상도 할 수 없다.

"텐류 씨의 약혼녀는 나와 비교도 되지 않을 만큼 솔직했지. 텐류 씨를 정말로 좋아해서 그 호감을 온 힘으로 텐류 씨에게 쏟아부었단다. 좋아한다고 입이 찢어져도 말하지 못한 나와는 처음부터 승부가 되질 않았어."

"할머니……."

쓸쓸한 눈빛을 지어 보이는 치요의 모습에 아카네는 가슴이 아팠다. 치요와 텐류의 사랑이 열매를 맺지 못했기에 자신이 태어났지만, 복잡한 마음이 들고 만다.

"그러니 아카네는 거짓말을 하면 안 돼."

치요가 주름진 손으로 아카네의 손을 잡았다.

"나랑 사이토의 관계는…… 할머니랑은 달라."

아내인 아카네보다는 히마리 쪽이 예전 치요의 포지션과 가까웠다.

"그럴까? 가슴에 손을 얹고 잘 생각해 보렴."

"생각하지 않아도 답이 나오는걸. 나랑 사이토는 적이야. 학교에서도 집에서도 내가 하려는 걸 방해하는 게 사이토고……."

치요가 묻는다.

"방해받고 있다는 느낌이 드는 건 왜일까? 어째서 아카네는 사이토를 무시할 수 없는 거지?"

"그건…… 내가 알고 싶어……."

아카네는 고개를 숙이고 테이블을 응시했다.


4교시 수업이 끝나고 아카네가 학교 식당에 가려는데 히마리가 눈물 바람으로 달려왔다.

"아~카~네~! 또 사이토한테 데이트를 거절당했어~!"

"그래그래…… 히마리도 포기를 모르는구나."

위로해 주면서도 히마리의 품에 꼭 안겨 있는 탓에 위치가 바뀐 것 아닌가 하는 생각이 드는 아카네였다. 그렇다고는 해도 히마리가 키도 가슴도 크니 어쩔 수 없다.

"항상 공부 알려주는 보답으로 데이트비도 내가 낸다고 했는데! 사이토도 너무 매정하지 않아?! 너무 철벽 아니야?! 하지만 그게 좋아!"

"좋다니 다행이네……."

푸념을 하는 건지 자랑을 하는 건지 모르겠다. 히마리는 아카네가 보기에도 상당히 매력적인 여자인데 사이토가 왜 꿈쩍도 하지 않는 건지 신기했다.

이런 느낌이면 역시 사이토의 귀가가 늦어지는 원인은 히마리가 아닌 것 같았다.

──그럼 누구와 만나고 있는 거지……?

그런 생각을 하며 아카네는 히마리와 함께 복도로 나가려 했다.

시세이가 맞은편에서 달려오다 아카네와 부딪쳤다.

"실례."

사과하고 떠나는 시세이 머리에서 달콤한 냄새가 풍겼다.

"이 냄새……."

아카네가 걸음을 멈췄다.

사이토가 밤늦게 돌아왔을 때 감돌던 냄새. 침대 속에 있을 때도 이 냄새는 비강에서 밤새도록 사라지지 않았다.

"오빠, 날씨 좋으니까 안뜰에서 밥 먹자."

시세이가 사이토에게 팔을 휘감으며 작은 몸을 비벼댔다.

평소에도 친밀한 두 사람이지만 오늘은 더 화기애애한 느낌이었다. 시세이가 나이에 맞는 외모를 하고 있었다면 연인 사이로 보였을 것이다.

아카네는 초조한 심정으로 바싹 붙어 있는 그들에게 다가갔다.

사이토를 매섭게 노려보며, 말투에는 험악한 기운이 서

려 있다.

"너, 혹시⋯⋯."

말하다 말고 아카네는 망설였다.

대체 자신은 무엇을 따질 생각인가.

──요즘 밤까지 함께 있는 건 시세이 씨야?

하지만 그건 사이토의 마음이었다. 사이토와 시세이는 오랜 옛날부터 함께 지내왔고 아카네가 그것을 막을 권리는 없다. 가족을 갈라놓으면서까지 말리고 싶은 생각은 없었다.

사이토도 천적인 반 아이가 있는 집으로 돌아가기보단 오래 정들어 여동생 같은 상대와 함께 보내고 싶을 것이다.

"왜, 왜 그래?" "갑자기 무슨 일이야?"

사이토와 히마리는 당황했다.

시세이만이 흔들리지 않고 모든 것을 담아내는 유리구슬 같은 눈동자로 아카네를 고요히 응시하고 있었다. 분명 시세이는 아카네가 가진 감정의 동요도 읽어냈을 것이다.

목까지 걸려 있는 말이 도무지 나오질 않았다.

질투하고 있는 걸로 오해받고 싶지 않아.

자신이 그렇게나 싫어하는 천적 때문에 이렇게 고민한다는 게 부끄러워서.

"⋯⋯아무것도 아니야."

아카네는 사이토를 외면한 채 거친 발걸음으로 떠나 버렸다.

오늘 밤도 또 아카네는 식탁 위에서 혼자만의 저녁 식사를 했다.

식탁 위에 올려진 것은 몇 안 되는 채소볶음과 쌀밥. 일단 영양을 섭취해야 했기에 만들고는 있지만, 의욕이 나질 않았다.

본가에서는 가족을 위해 요리했고 결혼한 후에는 사이토가 있었기에 자신만을 위한 요리가 이토록 허무하다는 걸 몰랐다. 프로틴과 컵라면으로 때웠던 사이토도 같은 심정이었을까.

"그 바보…… 아직도 안 오네……."

혼잣말을 중얼거리며 벽시계를 올려다보았다.

이미 꽤 늦은 시간인데 사이토에게선 아무런 연락이 없었다.

아카네가 고개를 저었다.

"돌아와 주길 바라는 건 아니지만! 그 녀석이 없는 게 더 편하지만! 싸우지 않아도 되고 내가 좋아하는 영화를 볼 수도 있고!"

들을 상대 없이 내뱉은 변명이 적막한 공간으로 빨려 들어갔다.

호조 집안은 대부호이니 사이토는 지금 시세이의 저택에서 호화로운 풀코스를 즐기고 있을 것이다. 드레스 차림의 아름다운 시세이가 무릎에 앉아 사이토에게 요리를 얻어먹고 있을 게 분명해.

상상하자 아카네는 공연히 화가 치미는 것을 느꼈다.

『그러니 아카네는 거짓말을 하면 안 돼.』

할머니의 말이 귓가에 되살아났다.

그래, 적어도 이 분노를 사이토에게 부딪치는 정도라면 해도 되겠지. 질투하고 있다든가, 외롭다든가 하는 기분은 아니었지만, 한마디 불평은 해 주고 싶다. 언제까지고 감정에 휘둘리고 있으면 공부에 방해가 된다.

아카네는 테이블에서 스마트폰을 집어 들고…… 거기서 깨달았다.

"연락처, 교환 안 했어……."

부부인데도 서로의 전화번호도 모른다. 남자애, 게다가 사이토의 번호를 묻는다니 창피해서 절대로 못 할 짓이다.

어쩌면 좋을까 생각하던 아카네는 스마트폰의 지도 앱을 실행했다.

시세이의 저택은 크고 눈에 띄는 유명한 곳으로 아카네도 대략적인 위치를 알고 있었다. 지도 앱으로 주소를 조사하고 주소에서 전화번호를 알아냈다.

아카네는 긴장감을 안고 스마트폰으로 시세이 집에 전화를 걸었다.

몇 차례 신호음이 울리고 젊은 여성의 우아한 목소리가 들려왔다.

『네, 호조입니다.』

"저, 저기…… 시세이 씨 언니분이신가요?"

『사용인입니다. 누구신가요?』

"시세이 씨 반 친구인 사쿠라모리 아카네입니다. 그쪽에 혹시 사이토가 실례하고 있지 않나요?"

『사이토 님이라면 계십니다만…….』

역시, 하고 아카네가 주먹을 불끈 쥐었다.

"사이토 좀 바꿔주시겠어요?"

『잠시만 기다려주세요.』

대기 멜로디가 흐르기 시작했다. 도도한 바로크 계열의 클래식 곡이다. 사용인이 전화를 받는 것도 그렇고 부잣집은 서민과는 달랐다.

아카네가 심란한 마음으로 기다리고 있는데 대기음이 끊겼다. 이제야 사이토에게 한마디 해줄 수 있겠다. 아카네는 심호흡하고 스마트폰에 대고 소리쳤다.

"너 대체 언제까지 놀──."

『처음 뵙죠. 시세이의 엄마입니다.』

"어…….”

예상외의 상대에 욕설은 허공으로 사라졌다.

『네가 사이토의 결혼 상대구나. 시세이나 아버지한테 이야기는 들었어.』

"처, 처음 뵙겠습니다. 아카네입니다."

왜 사이토가 아닌 그의 고모가 받은 걸까.

『미안해, 지금 사이토는 손을 놓을 수가 없어서.』

"잠시만 바꿔주시겠어요?"

『안 돼.』

냉담한 거절에 아카네가 움찔했다. 만난 적도 없을 텐데 고모의 목소리에서는 적의 같은 게 느껴졌다.

"……사이토, 뭐 하고 있나요?"

『너와는 상관없잖니. 곧 돌아갈 거야.』

"하지만……."

고모가 들으라는 듯 한숨을 내쉰다.

『저기 말이야…… 너는 원치 않게 결혼한 거지?』

"네……."

『고등학교에 들어갔을 때부터 꽤 사이가 나빴던 모양이고. 그런데도 아버지의 고집에 휘둘렸으니 나도 너에겐 동정하고 있어.』

말과는 달리 말투에선 조금의 동정도 느껴지지 않았다.

온 세상의 악의를 눌러 담은 듯한 목소리로 고모가 속삭였다.

『너희들의 결혼은 형식뿐이야. 가짜 결혼인데 왜 사이토를 신경 쓰는 거지?』

질문의 답을 기다리지도 않고 전화는 끊겼다.

공허한 기계음이 스피커를 통해 울려왔다.

"가짜……. 그렇, 지……."

아카네는 스마트폰을 움켜쥐고 힘없이 중얼거렸다.

오빠.

파바밧!

탁탁탁

나의 번역 알바는

고도의 두뇌 노동 이다.

후앗…

사락

머리 빗겨줘.

케이크 먹여줘.

스타킹 신겨줘.

내 알바는 집사 일 이었는지도 모른다.

시세이의 방에서 사이토는 완성한 번역 데이터를 현지화 담당 부서로 송신했다.

연락 수단으로 사용하는 것은 메일이 아닌 사내에서 독자적으로 개발한 채팅 앱이다. 얼마 지나지 않아 읽음 표시가 달리고 사원의 회신이 들어왔다.

『정말 감사합니다. 이번에 저희 프로젝트에 사이토 님께서 직접 힘을 보태주신 것은 대단한 영광입니다. 앞으로도 사이토 님의 힘이 될 수 있도록 더욱 매진하겠으니 아무쪼록 잘 살펴주시기를……』

아르바이트생에게 보내기엔 지나치게 공손한 문장이 줄줄이 이어지고 있었다.

"쓸데없는 정보가 너무 많아. 효율적으로 해달라고."

사이토는 질색했다.

시세이가 화면을 들여다보았다.

"어쩔 수 없어. 오빠가 호조 그룹을 이어받으면 모두의 생살여탈권을 쥐게 되니까. 지금이라도 아첨을 부려두는 게 상책."

"부리는 게 너무 대놓고 티 나서 꺼려진단 말이지……."

"시세도 직원들한테 아첨을 받아. 알사탕 같은 걸 몰래 쥐여줘."

"그건 아첨이랑은 달라."

친부모가 지배하는 회사에서조차 애완동물 취급을 받는

데 괜찮은 건가 생각하는 사이토였다.

시세이가 사이토의 목에 매달려왔다.

"오빠, 놀자. 일 끝날 때까지 시세는 착하게 기다리고 있었어."

"그래. 뭐 할래?"

"혼자 짝맞추기."

미지의 놀이였다.

"그렇다면 혼자 있을 때 하는 게 낫지 않을까."

"오빠 혼자 짝맞추기 하는 걸 시세가 간식을 먹으면서 감상하는 놀이."

"그냥 도둑잡기나 하자."

"알았어."

시세이가 사이토의 무릎에 앉았다.

"그 위치에서 도둑잡기를 하면 승부가 안 되지."

"하지만 오빠와 시세의 친밀감은 깊어져."

"이 이상 안 깊어도 돼."

사이토는 시세이를 안아 올려 마주 보도록 쿠션에 앉혔다.

단순한 카드 게임이라고 방심하면 안 된다.

시세이의 경이로운 연산 능력과 함께 내밀어지는 카드는 고도의 책략으로 가득 차 있어 어중간한 게임과는 비교할 수 없을 정도로 스릴이 넘쳤다.

정신을 차리고 보면 쓰레기 같은 패만 들고 있는 것이 역으로 통쾌해서 어릴 때부터 사이토는 시세이와의 진검 승부를 좋아했다.

두 사람이 카드 게임을 하고 있는데 레이코가 방으로 들어왔다.

"수고 많았어. 담당자한테 납품 완료 보고가 들어왔어. 이건 알바비야."

두툼한 봉투를 내밀어 와 사이토는 놀랐다.

"검수 같은 거 안 해도 되나?"

레이코가 작게 웃었다.

"사이토가 실수 같은 걸 할까?"

"가능한 한 다 없애긴 했는데."

"그렇지? 사이토가 못 찾는 실수라면 우리 애들도 못 찾을 거야. 나는 다르지만."

"그건 고마워. 잘 받을게."

사이토는 봉투를 학생 가방에 집어넣었다. 호조 가문 중에서도 실수를 잡아내는 데 특화된 재능을 가진 레이코지만 사장 본인이 제품을 검수할 시간은 없을 것이다.

"저녁 먹고 갈 거지?"

당연하다는 투로 레이코가 물었다.

사이토는 책상 시계에 눈길을 주었다. 지금이라면 가게도 아슬아슬하게 맞출 수 있을 것 같다. 모처럼 아르바이트비를 받았으니 다 팔리기 전에 반지를 사 두고 싶었다.

"아니, 오늘은 일찍 들어갈게. 슬슬 집이 전쟁터가 될 것 같거든."

"여기 와 있다는 거 그 애한테 말했어?"

그 애라는 건 아카네를 말하는 거겠지. 어쩐지 레이코는 그다지 아카네의 이름을 부르고 싶어 하지 않았다.

"비밀로 했어."

"흐음…… 그런데 어떻게……."

레이코가 잠시 생각에 잠겼다.

"어쩔 수 없지, 오늘은 보내줄게. 대신 조만간 또 밥 먹으러 와야 해."

"그래, 금방 올게. 고모한테 항상 감사하고 있어."

"뭐야, 새삼스럽게. 난 언제나 사이토의 행복을 바란단다."

레이코가 사이토를 끌어안고 상냥하게 머리를 쓰다듬어 주었다.

자식을 꺼리던 부모를 대신해 사이토를 돌봐주던 건 옛날부터 고모인 레이코였다. 시세이나 레이코가 기다리고 있는 이 집이 있었기에 사이토는 싸늘했던 본가에서도 버틸 수 있었다.

현관을 나오니 메이드 운전사가 차를 가져오고 있었다.

시세이가 사이토에게 손을 내밀었다.

"오빠, 힘내."

"그래."

사이토가 시세이의 손뼉을 가볍게 쳐주고 차에 올랐다.

상가 근처에서 내려 주얼리 매장으로 향했다. 불안함을 느끼며 쇼케이스를 보자 목적했던 반지는 아직 남아 있었다.

사이토는 마음을 놓고 점원을 불렀다.

"저기요, 이 반지를 사고 싶은데요."

"여자 친구분께 드릴 선물인가요?"

점원이 적극적으로 다가왔다.

사이토가 주춤했다.

"아, 아뇨, 여자 친구는 아닙니다."

"누나분이나 어머님께 드리는 선물인가요?"

"누나도 어머니도 아닙니다⋯⋯."

아내에게 줄 선물이라고는 솔직히 말할 수 없었다.

고개를 갸우뚱하는 점원이지만 여기선 전문가. 재빠르게 전환하여 판매를 진행했다.

"잘 알겠습니다. 손가락 사이즈가 어떻게 되시죠?"

"사이즈⋯⋯?"

사이토는 주춤했다. 전혀 생각하지 않고 있었다. 반지를 사는 건 처음이라 돈만 모을 생각으로 머리가 꽉 차 있었다. 땀이 방울방울 솟아났다.

아카네의 손가락은 꽤 가늘었을 터다.

"S로⋯⋯."

"이 반지는 5호부터 10호까지 있습니다만⋯⋯."

"크윽⋯⋯."

미안하다는 듯한 얼굴로, 『반지도 사 본 적 없는 동정의 상대는 피곤하다』 같은 말을 들은 기분이었다. 사이토는 당장에라도 철수하고 싶은 충동을 느꼈다.

──아카네의 사이즈를 재 올까……? 하지만 그러면 서프라이즈가 안 되는데……. 슬쩍 사이즈를 물어봐도 눈치챌 것 같고…….

자고 있을 때 몰래 재는 방법도 있었지만, 만약 도중에 아카네가 일어나면 성추행 취급을 받아 죽을 것이다.

사이토가 고민하자 점원이 미소 지었다.

"괜찮습니다. 만약 사이즈가 맞지 않으시면 수선이나 교환도 가능합니다."

자비를 베푸는 듯한 느낌에 사이토의 자존심이 가볍게 상했다.

"사이즈 견본 같은 거 있나요? 보면 알 수 있어요."

"전문가가 아닌 이상 눈으로 사이즈를 구분하긴 힘들 텐데요."

"부탁합니다."

반강제로 부탁해 반지 견본을 쇼케이스 위에 꺼내달라고 했다.

놓여 있는 각기 다른 사이즈의 견본들을 바라보며 사이토는 기억 속에서 아카네의 손가락 이미지를 일깨웠다.

아카네가 요리할 때의 정경을 사진처럼 세밀하게 뇌리에 그려냈다. 아카네가 가지고 있는 부엌칼이나 긴 젓가락 등의 크기와 비교하며 손가락 사이즈를 특정해 나갔다.

이거다. 분명 틀림없어.

"……5호로."

"알겠습니다."

점원이 5호 반지를 포장하기 시작했다. 포장 상자에 넣어 정성스럽게 리본을 달아주었다.

"무료로 메시지 카드도 함께 첨부할 수 있습니다. 『Eternal Love』와 『사랑하는 그대에게』 두 종류가 있는데 어떤 걸로 하시겠어요?"

"둘 다 필요 없어요!"

"카드가 달려 있으면 여자 친구분도 감동하실걸요? 애정은 확실하게 전하는 게 제일이죠."

"여자 친구 아니라고요!"

그리고 사랑 같은 달콤한 것도 없다.

가게 상호가 새겨진 쇼핑백을 들고 사이토는 주얼리 매장을 빠져나왔다.

첫 번째 난관은 돌파했지만, 아직 시련이 남아 있다. 아카네에게 반지를 건네준다는 커다란 난관. 어떻게 해야 자연스럽게 건네줄 수 있을까, 사이토는 곰곰이 궁리하며 돌아갔다.

현관에 들어서자마자 집안의 공기에 긴장감이 서려 있는 것을 느꼈다.

거실로 들어가는 복도를 아카네가 가로막고 있었다.

장승처럼 우뚝 선 모습은 다리 위에서 칼 사냥을 하던 무사시보 벤케이*.

_____
*12세기에 활동했던 일본의 무장.

눈꼬리와 입꼬리가 치켜올라간 형상은 원망을 품고 화신한 반야(般若).

——죽는 건가?!

사이토는 생명보험을 들어놓을걸 하고 후회했다. 하지만 생명보험에 의지한다고 해서 생명의 위기에서 벗어날 수 있는 건 아니니 무의미했다.

지옥의 깊은 곳에서 울리는 듯한 목소리가 아카네의 목구멍으로 새어 나왔다.

"너…… 왜 전화도 안 받아……?"

"전화……? 무슨 소리야……?"

"시치미 떼지 마! 손을 뗄 수 없다고 하면서 사실은 시세이랑 노닥거리고 싶었던 것뿐이지?! 야한 짓을 하는 도중이었지————?!"

"저기…….."

사이토는 영문을 알 수 없었다.

하지만 울먹이며 분노하는 아카네의 얼굴을 보니 대답을 조금이라도 잘못했다간 걷잡을 수 없는 일이 될 거라는 예감은 들었다.

"어떻게 시세 집에 있는 줄 알았어?"

"초능력이야!"

"초능력인가…….."

아마 아니겠지만, 그걸 부정했다간 불에 기름을 붓는 꼴이었다.

아카네가 사이토를 노려보았다.

"그렇게 시세이 씨가 좋다면 시세이 씨랑 결혼하는 게 좋지 않겠어? 그럼 어느 쪽이 집을 이어받든 회사를 손에 넣을 수 있겠네!"

"뭔가 오해가 있는 것 같은데 나랑 시세는 그런 관계가 아니야!"

"돌아오기 싫으면 이제 그만 와도 돼! 나 혼자 살 거야! 식비도 반씩이니까 노후 자금도 확실히 저축할 수 있겠네!"

발을 쾅쾅 구르는 아카네. 이제는 거의 자포자기 상태였다.

어지간히 집에 혼자 방치됐던 게 외로웠던 건가.

아니, 아카네 한정으로 그런 사랑스러운 이유는 아닐 것이라고 사이토는 생각을 정정했다.

이 정도 되면 사정을 계속 숨기는 것도 능사는 아니었다. 다 털어놓고 이해를 구하는 편이 덜 상처받고 끝나겠지.

사이토는 반지 상자가 든 학생 가방을 열려고 하다가 손을 멈췄다.

──반지를 주는 건가……? 내가, 아카네한테……?

지금 와서 긴장되기 시작했다.

잘 생각해 보지 않았는데 남자가 여자에게 반지를 선물한다는 건 꽤 중대한 일이 아닌가. 깊은 의미가 있다고 착각해 버릴지도 모른다.

사이토는 망설였다.

하지만…… 여기서 되돌릴 수는 없었다.

아카네와 평화롭게 지내고 싶다. 화난 얼굴이 아니라 그녀의 웃는 얼굴을 계속 보고 싶다.

그렇게 느낀 건 진심이다. 그 마음을 소중히 하고 싶었다.

사이토는 거칠어지는 고동을 억누르며 작은 상자를 내밀었다.

"너한테, 선물이야."

"어……?"

아카네가 멍하니 대답했다.

"포, 폭탄……?"

"폭탄은 아니니까 열어봐."

"으, 으응……."

조심스럽게 상자를 여니 금빛 찬란히 반짝이는 반지가 드러났다.

"이거…… 내가 가게에서 봤던……."

"그걸 사려고 고모한테 부탁해서 번역 알바를 하고 있었어. 시세의 저택에서 작업하는 게 조건이라 귀가가 늦어진 거고. 미안해."

"어, 어어……? 어, 어째서……? 이게 어떻게 된……?"

반지를 바라보는 아카네는 혼란스러워 보였다. 완전히 예상 밖이었으리라.

아카네가 반지를 품에 꼭 안고 도망치는 토끼처럼 거실로 달려갔다.

──역시 기분 나쁜가……?

혼신의 평화협상은 실패였다.

사이토가 허탈감을 느끼고 있는데 곧바로 아카네가 돌아왔다.

거실문 끝에서 새빨개진 얼굴만 보인다.

부끄러움에 폭발할 것 같은 모습으로 쥐어짜내듯 말한다.

"고, 고, 고마워!"

이번에야말로 한계에 도달한 건지 아카네가 비명을 지르며 도망갔다.

——이건…… 성공, 인가……?

알 수 없었지만, 사이토의 뺨도 뜨거워졌다.


아침 햇살이 사이토의 눈꺼풀에 드리웠다.

요즘 드물게 오래 앉아 작업한 탓에 피곤했던 거겠지. 휘몰아치는 수마의 늪에 다시 잠길 뻔한 사이토는 왠지 옆쪽에 기척을 느꼈다.

무거운 눈꺼풀을 억지로 열자 잠옷 차림의 아카네가 묘하게 안절부절못하고 있었다.

침대에 정좌한 채 반짝이는 눈동자로 사이토 쪽을 바라보고 있다.

"……왜 그래?"

"봐!"

사이토가 몸을 일으키자 아카네가 오른손을 펼쳐 내민다.

그 약지에는 선물했던 반지가 끼워진 채 시원스레 빛을

발하고 있었다. 사이즈가 딱 맞아 사이토는 안도했다.

"어, 어때……? 어울려……?"

아카네가 수줍은 듯 물었다.

"응, 잘 어울려."

"에헤헤……."

아침 햇살에 녹아드는 듯한 미소에 사이토의 피로가 싹 사라졌다.

자신은 이 웃는 얼굴이 보고 싶었다. 웃을 때 아카네 곁에 있는 건 전혀 고통스럽지 않았다.

아카네가 무릎 위에서 오른손을 만지작거리며 다리를 꼼질거린다.

"왜, 나한테 반지를 준 거야?"

"저기…… 그, 뭐랄까…… 화목의 증표야."

"화목……."

"되도록 평화롭게, 둘이서 즐겁게 지내자는 뜻으로."

사이토는 더 이상 참기 힘든 기분이 들었다. 타의는 없지만 이런 감정을 직설적으로 표현하는 건 수치심을 자극한다.

"나랑 사이좋게 지내고 싶어?"

"가능하면……."

"그, 그래……."

아카네가 부끄러운지 시선을 딴 곳으로 돌렸다.

상쾌한 아침과는 거리가 먼, 달달함으로 숨이 막힐 것

같은 공기가 침실에 가득 찼다. 아카네와의 거리도 평소보다 가까운 탓에 그녀의 달콤한 열기가 풍겨왔다.

아카네가 침대에서 미끄러지듯 내려와 맨발로 바닥을 밟았다.

얇은 잠옷을 입은 등을 보인 채 사이토에게 묻는다.

"오늘도 늦게 와?"

"아니, 이제 알바는 끝났어. 평소랑 다름없는 시간으로 돌아갈 거야."

고모는 일을 더 하라고 했지만 그렇게까지 돈을 받아도 사이토에겐 쓸 곳이 없었다. 평소 사는 것은 책과 게임 정도로 특별한 낭비벽도 없다.

"그럼, 맛있는 저녁 만들어줄게."

아카네는 귓불을 다홍빛으로 물들이고 침실에서 빠져나갔다.


귀가한 아카네는 곧바로 자신의 공부방에 틀어박혔다.

책상 서랍에서 작은 상자를 꺼내 의자에 앉는다.

날아오를 것 같은 기분으로 오른손 약지에 반지를 끼웠다.

어젯밤엔 혼란스러워서 제대로 반지를 보지 못했고 아침에는 바빴기에 차분히 감상할 이 시간만을 애타게 기다리고 있었다.

매끈한 윤기가 감도는 링을 손가락 끝으로 매만지자 부드러운 감촉이 간지러웠다. 로맨틱한 하트 모양의 보석을

창문에 비춰 보면 붉은빛이 눈부시게 일렁인다.

"너무 예쁘다……."

아카네가 황홀한 얼굴로 중얼거렸다.

남자한테 선물을 받는 건 처음인데.

하필이면 상대가 반에서 가장 싫어하는 남자라니.

하지만 사이토의 선물은 싫지 않았다.

자신을 위해 사이토가 애썼다는 것이 잘 전해져서.

그런데도 늦게 귀가한다며 화를 낸 것이 미안해서.

서프라이즈를 연출하려고 필사적으로 비밀을 숨기고 있던 사이토가 조금 귀엽다고 느껴져서.

반지를 바라보고 있는 것만으로도 이상하게 뺨이 느슨해졌다.

거실에서는 놀러 온 시세이와 사이토가 게임을 하고 있었지만 두 사람이 함께 있는 것도 신경 쓰이지 않았다. 사이토가 집을 계속 비웠을 때와는 달리 넓은 마음으로 받아들일 수 있었다. 차분히 따져 보면 남매가 사이좋게 지내는 건 멋진 일이었다.

아카네는 사진으로 남겨두기 위해 스마트폰 카메라를 켰다.

반지를 찍어본 적이 없어서 어떤 각도로 찍어야 잘 나오는지 알 수 없었다. 벽을 배경으로 해보거나 손수건을 깔아보며 시행착오를 거쳤다.

"오늘 저녁밥 뭐야?"

"꺄악?!"

갑자기 사이토가 문을 열고 들어와 아카네의 어깨를 툭 쳤다. 화들짝 놀라 스마트폰과 손을 허벅지 아래로 숨겼다.

"드, 들여다보지 마, 변태!"

"몇 번 노크는 했는데……."

"거짓말! 이건 불법침입이야!"

"뭔가에 열중하느라 못 들은 거 아니야?"

"열중한 적 없어!"

절대로 들켜서는 안 된다. 사이토에게 받은 선물에 들떠서 그 촬영에 정신을 빼앗겼다는 사실은.

알려진다면 최후에 사이토는 지금보다 더 오만해질 것이다. 먹이를 주면 말을 듣는 애완견 취급을 할지도 모른다. 그건 용서할 수 없어.

"뭐 하고 있었어?"

"아무 짓도 안 했어! 빨리 나가!"

아카네가 가까이 있던 인형을 내던졌다.

직격하기 전 사이토는 문을 닫고 물러났다.

안도하는 아카네. 허벅지 밑에서 스마트폰을 꺼내려다 다리 아래에 시세이가 앉아 있는 것이 눈에 들어왔다.

"시, 시세이 씨……?!"

여전히 신출귀몰한 아이다. 기척을 숨기는 특기라도 있는 것인지, 단순히 너무 작아서 사각지대에 숨기 쉬운 것인지.

시세이가 아카네의 오른손을 물끄러미 바라본다.

"그 반지, 오빠가 사 준 거야? 예뻐."

아카네가 입가에 호선을 그렸다.

"그, 그렇지? 가게에서 봤는데 첫눈에 반해버렸거든."

"즉 오빠랑 데이트하러 갔을 때 봤다는 뜻."

"데이트 아니야! 놀러 간 것뿐이야!"

"둘이서?"

"뭐, 뭐어…… 둘이서만 가긴 했지만."

별로 깊은 의미는 없는데도 새삼스레 말로 하려니 부끄러웠다.

"헤메콥테루우스 성인이랑 둘이서?"

"누구야 그건! 외계인 중에 아는 사람은 없어. 사이토랑 둘이!"

"연인 같은 발언."

"연인 아니야!"

산소 부족에 빠진 아카네가 숨을 고른다. 평상심을 유지하기 위해 애썼지만, 반지 사진을 찍으려던 시점에서 이미 평상심은 아니었다.

"시세도 오빠랑 놀러 가고 싶어. 다음엔 셋이서 가자."

시세이가 어린애처럼 천진난만하게 보챘다.

"딱히 괜찮아. 둘이서 가는 것보다 편할 거고."

"신난다. 그 반지도 갖고 싶어."

"그건 안 돼!"

터무니없는 요구까지 당하자 아카네가 흠칫 놀랐다.

"왜?"

"왜든 뭐든!"

"오빠한테서 받은 반지니까?"

고개를 갸웃하는 시세이.

"그, 그런 건 아니지만! 마음에 드는 반지니까!"

"그럼 시세가 똑같은 거 사 올게."

"그쪽을 시세이 씨가 쓰면 되잖아?"

"아카네는 오빠의 선물 쪽을 쓰고 싶으니까?"

시세이가 아카네의 무릎에 두 손을 얹고 몸을 쭉 내밀며
물어온다.

동그란 눈동자는 사랑스러웠지만, 분명히 놀리고 있었다.
작은 동물 같은 외모를 하고 있지만 역시 이 아이는 사이
토의 여동생. 방심할 수 없는 소녀다.

"어쨌든 안 돼! 안 되는 건 안 돼!"

아카네는 온몸이 활활 타오르는 것을 느끼며 필사적으
로 시세이를 쫓아냈다.


요즘 아내의 기분이 좋다.

기상한 사이토의 귓가로 주방에 있는 아카네의 콧노래
가 들려왔다.

리드미컬한 칼질 소리, 사뿐사뿐 뛰어다니는 발소리.
그것만으로 아카네가 즐겁게 요리하고 있다는 것이 전해
졌다.

사이토가 오픈 키친에 들어서자 아카네가 돌아섰다.

단정하게 손질된 머리, 교복 위로는 앞치마를 두른 채 흘러넘치는 듯한 미소를 지어 보인다.

"좋은 아침, 사이토. 이제 곧 아침밥이 다 될 거야~ ♪"

"조, 좋은 아침."

아카네가 너무나도 기분이 좋아 보여서 사이토는 어리둥절했다.

반지 선물의 효과는 실로 대단했다. 열심히 아르바이트한 보람은 있었지만, 오히려 이 반동으로 더 장렬한 전쟁터가 되는 게 아닐까 경계하고 만다.

"자, 여기~! 오늘의 스페셜 모닝이야! 어서 먹어~ ♪"

아카네가 씩씩하게 두 팔을 벌려 권했다.

식탁에서 김을 모락모락 내는 것은 백과사전 같은 관록이 느껴지는 두툼한 스테이크.

"아침부터 스테이크라니……."

사이토는 겁에 질렸다.

"너 스테이크 엄청 좋아하잖아?"

"엄청 좋아…… 하긴…… 하는데……, 무겁지 않아?"

"확실히 무겁더라. 프라이팬을 드는 게 힘들었어."

"무게도 그렇지만, 위장에……."

"안 먹을 거야……?"

아카네의 어깨가 떨리기 시작했다.

──위험해!

폭발의 전조에 사이토는 위기감을 느꼈다.

곧바로 포크로 스테이크를 찔러 통째로 입안에 욱여넣었다.

"이, 이야~, 마이써! 흐테이흐는 아침 댓바람에 머어도 마잇구나아아아!"

입안이 점령당해 발음도 제대로 못 할 크기였지만 물러설 수는 없었다. 세계 평화보다 가정 내 평화가 제일. 목숨을 걸고라도 지켜야 했다.

"사이토가 먹고 있다~. 와아~."

턱을 괴고 싱글벙글 웃는 아카네는 완전히 꽃밭이었다. 그 모습은 진기한 쇼를 구경하는 세 살짜리 꼬마. 와아, 하는 귀여운 말이 아카네 입에서 나온다는 것이 지금 상황의 이상함을 절실히 알려주고 있었다.

사이토는 간신히 스테이크를 위장에 집어넣고, 한 접시가 더 나오기 전에 주방에서 후퇴했다.

선물에 감사해주는 건 기쁘지만 아침부터 스테이크를 몇 킬로씩 강제 섭취하면 생명에 지장이 간다. 뇌가 꽃밭으로 변한 아카네는 화났을 때의 아카네보다 더 위험할지도 모른다.

사이토는 교복으로 갈아입고 아카네와 타이밍을 엇갈리게 해서 등교했다.

3학년 A반에 들어선 순간, 하마터면 그대로 입을 열 뻔했다.

아카네가 반지를 낀 채 자리에 앉아 있었다.

──빼는 걸 잊은 건가?

사이토는 간담이 서늘해졌다.

평범한 반지라면 문제가 없지만, 저 반지는 고등학생이 끼기엔 비싼 것이다. 반 아이들에게 들킨다면 "누구한테 받은 거야?" 같은 말들로 시끄러워질 것이다. 당황한 아카네가 허점을 드러낼 것이 뻔했다.

다행히 아카네의 주위에 아직 다른 학생들은 없었다. 눈치 빠른 히마리가 찾아오면 끝장이다. 미리 경고해두기 위해 사이토는 아카네에게 다가가 목소리를 낮췄다.

"어이…… 그 손가락."

"좋은 아침~! 아카네! 사이토~!"

뒤에서 활기찬 인사가 울려 퍼지는 소리에 사이토는 흠칫 놀랐다. 반사적으로 아카네의 손을 낚아채 반지를 감춰버렸다.

"뭐, 뭐야! 갑자기 만지지 마! 변태! 성희롱러!"

"성희롱러가 뭔데!"

새빨갛게 달아올라 손을 뿌리치려는 아카네, 끝까지 놓지 않는 사이토.

반 아이들이 웅성거린다.

"사이토랑 아카네가 성희롱 놀이를 하고 있어……." "부부 만담 콤비가 다음 스테이지로……." "잘한다, 좀 더 나가!" "저건 이미 생겼네, 생겼어."

"안 생겼어!"

아카네가 전력으로 부정했지만 반 애들은 흥미진진한 얼굴이었다. 이렇게까지 주목을 받은 이상 사이토는 무조건 반지를 감출 수밖에 없었다.

히마리가 인상을 찌푸렸다.

"그런 건 억지로 하면 안 좋을 것 같은데?"

"히마리! 이 녀석 어떻게 좀 해줘! 때려줘!"

"에엥? 사이토를 때리는 건 싫어~."

"내가 모두가 보는 앞에서 더럽혀져도 좋아?"

"그런 짓은 안 해!"

악의도 없는데 악역이 되어 버린 사이토는 세상의 박정함을 저주했다. 스마트폰을 들고 있는 학생까지 있어 한 치의 실수도 용납되지 않을 것만 같았다.

"으음, 이 정도라면 해 줄 수 있지. 으럇~."

히마리가 사이토의 등을 껴안았다.

"……윽?!"

몸을 경직시키는 사이토. 등에 히마리의 가슴이 짓눌려 있다. 브래지어를 하고 있을 텐데도 확실한 탄력감이 전해져 왔다.

"영차, 영차."

히마리는 사이토에게 달라붙은 채 힘으로 사이토를 아카네에서 떼어내려 했다. 그 한숨이 사이토의 귀를 간지럽히고 전신의 밀착감이 혈액을 끓어오르게 했다.

시세이가 사이토를 차가운 눈으로 관찰했다.

"미소녀의 품에 안긴 채 다른 미소녀의 손을 잡다니……
오빠는 욕심쟁이야."

"내가 원해서 하는 게 아니야!"

남학생들의 시선이 '흥미'에서 '살의'로 급변한 지금 사이
토의 명줄은 바람 앞의 등불이었다.

모델급 미소녀로 유명한 아카네뿐이라면 몰라도 반의
인기인인 히마리까지 얽힌다면 남자들이 사이토를 적대시
하는 것도 무리는 아니다.

"시세도 참가할래."

이번에는 시세이가 사이토의 배에 매달리기 시작했다.

"상황을 악화시키지 마————!!"

시세이의 팬인지 시종인지 알 수 없는 여학생들의 살의
까지 더해지면서 사이토는 암흑의 파도에 날아갈 것만 같
았다.

역풍. 세간의 파도. 단말마.

그런 것들이 순식간에 머리를 맴돌며 사이토는 온 힘으
로 히마리와 시세이의 포옹에서 탈출했다. 아카네의 손은
계속 잡은 채 그대로 교실을 뛰쳐나갔다.

"놔! 이—거—놔—!"

여전히 저항하는 아카네를 끌고 파파라치들의 추적을
따돌린 채 복도로 도주했다. 인적이 드문 건물의 그늘까지
와서야 걸음을 멈췄다.

부들부들 떠는 아카네.

"이, 이런 곳에 날 데리고 와서…… 고, 고문할 생각이야?!"

발상의 치안이 좋지 않다.

사이토는 주변을 살피며 속삭였다.

"반지."

"반지……?"

사이토의 말에 아카네가 고개를 갸우뚱했다.

"학교까지 반지 끼고 오지 마."

"앗."

그제야 깨닫고 서둘러 반지를 뺐다.

"아껴주는 건 고맙지만, 다른 애들이 보면 곤란해."

"아, 아낀 건 아니야! 전혀 아무렇지도 않아서 잊은 것뿐
이야!"

아카네가 붉어진 얼굴로 버럭 성질을 냈다.

"아무렇지도 않은 건가……."

살짝 서글퍼지는 사이토.

"그래! 물이나 공기만큼이나 아무렇지도 않아!"

"둘 다 살려면 필요한 건데."

"마, 말꼬리 잡지 마! 그런 거 아니야! 난 물도 공기도 없
이 살 수 있어!"

"그건 굉장하네……."

이제 탄소 생명체의 경지를 넘어섰다.

"반지는 가방에 넣어두는 게 좋겠다."

"말하지 않아도 알아. 잃어버리지 않게 제대로 파우치에 담아서 가방에 넣을 거야."

이러니저러니 해도 꽤 소중하게 여겨주는 것 같다.


귀가한 아카네는 자신의 공부방에서 책가방을 열었다.

학교에 있는 동안에는 빼 두었지만 반 아이들을 만날 일이 없는 집에서는 끼고 싶었다. 그 반지를 끼고 있으면 사이토와의 싸움이 줄어드는 것 같다. 마법의 힘이라도 담겨 있는지 조금은 상냥한 마음이 드는 것이다.

아카네는 학생 가방에 손을 넣어 반지를 담아둔 파우치를 꺼내려고 했다.

"……어라?"

파우치가 없다.

안쪽으로 들어갔나 싶어 손을 넣어 찾아봤지만 발견할 수 없었다.

불길한 예감에 가방 안의 내용물을 모두 쏟았다. 파우치는 없었다.

가방을 거꾸로 해서 흔들어봤지만, 아무것도 나오지 않았다.

"반지…… 확실히 거기에 넣어놨는데…… 파우치째로 없어졌어……."

아카네의 핏기가 사악 가셨다.

──왜? 어째서? 어디선가 떨어뜨렸나?

비어 있는 가방 안에서 느껴지는 아찔함.

발밑이 흔들리는 느낌에 책상에 손을 짚어 몸을 지탱했다.

희미한 기대를 안고 방 안을 샅샅이 뒤졌지만, 책상 아래도, 책장 뒤에도, 어디에도 없었다. 계단에서 현관까지 가봤지만 떨어지지 않았다.

──모처럼 사준 건데……. 사이토가 준 선물인데…….

아카네는 거실에서 머리를 감싸 안았다.

들떴던 기분에서 한순간에 오장육부가 가라앉을 정도의 냉기에 몸이 떨렸다. 만약 이 일이 사이토에게 알려진다면 아카네는 그를 볼 낯이 없었다.

"무슨 일 있어?"

사이토가 거실을 들여다본다.

아카네는 심장이 멎는 느낌이었다.

"아, 아무것도 아니야!"

"아무것도 아닌 게 아닌데. 얼굴이 창백해."

의아함이 담긴 지적에 손으로 얼굴을 가렸다.

"몸이 좀 안 좋은 것뿐이야!"

"그럼 빨리 자는 게 좋겠네. 오늘 저녁은 내가 만들게."

이럴 때만 상냥한 사이토의 말이 더욱 깊은 죄책감이 되어 아카네의 마음을 찔렀다.

아카네는 주먹을 꼭 쥐고 힘을 다해 소리쳤다.

"정말 아무것도 아니라고 했잖아! 너랑은 전혀 관계없는 일이니까 놔둬! 나한테 간섭하지 마!"

"그, 그래…… 미안하다."

사이토는 다소 풀이 죽은 모습으로 물러났다.

"잠깐 나갔다 올게!"

아카네는 사이토의 옆을 지나쳐 집에서 달려 나왔다.

비참한 기분이다.

잘못한 것은 자신인데 사이토에게 심한 말을 해 버렸다. 사이토는 도와주려고 했는데 내민 손을 뿌리치고 말았다.

──하지만 반지를 잃어버렸다고 어떻게 말해…….

아카네는 입술을 깨물고 주택가를 달렸다.

통학로를 거슬러 오르며 길가에 파우치가 떨어져 있지 않은지 찾았다. 파우치만이라면 누가 훔칠 일은 없겠지만 반지는 알 수 없다. 악의를 가진 사람이 주워가기 전에 되찾아야 했다.

학교에 도착한 아카네는 숨이 턱까지 차올라 바닥에 털썩 주저앉았다.

현관부터 복도, 교실까지 돌아와 샅샅이 뒤졌다. 자신의 책상 서랍에 손을 넣어 더듬어 보았지만, 아무것도 나오지 않았다.

교실 앞을 한 여학생 무리가 웃으며 걸어가고 있었다.

아카네는 자신을 비웃는 것 같은 기분이었다.

──저 아이들이 그런 걸까…….

의심이 들었지만 이내 고개를 흔들고 생각을 바꿨다.

초등학교 시절이라면 몰라도 고등학교에서 아카네는 왕

따의 표적이 아니었다. 반 아이들의 호감을 사지는 않았지만, 원망을 살 일도 하지 않았다.

아카네는 교무실에 가서 분실물이 오지 않았는지 물었다. 분실물 보관함을 다 뒤집어서 조사해 봐도 아카네의 파우치는 발견되지 않았다.

교내는 포기하고 가까운 파출소에 뛰어 들어갔지만, 파우치는 찾지 못했다.

스마트폰으로 인근 파출소의 번호를 찾아 이곳저곳에 걸어보았지만, 어디에도 없었다.

마치 이 세상에서 완전히 반지가 사라져 버린 것처럼.

그와 동시에 사이토가 반지를 선물해 주었다는 사실마저 사라져 버린 것 같았다.

──나 어쩌면 좋지……?

아카네는 정처 없이 황혼의 거리를 헤맸다.

몰래 아르바이트해서 다시 살 수밖에 없는 걸까. 그런 생각을 하며 편의점 벽에 붙어 있는 구인 포스터를 멍하니 바라보았다.

시간당 1,000엔. 방과 후에 매일 아르바이트한다고 해도 반지만큼의 돈이 모이는 데 몇십 일이나 걸릴까. 그때까지 사이토한테 들키지 않을 수 있을까.

고민하는 아카네 곁으로 낯선 사내가 다가왔다.

"거기 너, 알바 찾고 있어?"

귀나 입술에 대량의 피어싱을 하고 긴 머리를 금빛으로

물들인 수상쩍은 용모. 히마리의 금발은 햇살처럼 고왔지만, 이 사내의 금발은 진흙을 칠한 것처럼 부자연스럽다.

처음 본 사이임에도 남자는 스스럼없이 거리를 좁혀왔다.

"추천할 만한 알바 자리가 있는데 해 볼래?"

"어떤 아르바이트…… 인데요……?"

아카네가 경계하며 뒷걸음질 쳤다.

"앗, 무서워하지 마! 완전 평범하니까! 정말 안전한 알바야! 아저씨들이랑 적당히 수다 떨거나 사진 좀 찍어주는 일! 너처럼 귀여운 애라면 백만 정도는 금방 벌 수 있어!"

남자가 히죽히죽 웃으며 아카네의 어깨를 잡으려 했다.

어느새 벽 근처까지 몰려 있었다.

"……읏!"

아카네는 사내의 배에 발차기를 날렸다.

"크억?! 뭐 하는 거야, 이 망할 년이! 발가벗겨서 팔아치워 버릴까 보다!!"

남자가 주춤한 틈을 타 전속력으로 그 자리에서 도망쳤다.

호흡이 힘들어질 정도로 달려서 파출소 근처까지 피신한 뒤에야 쪼그려 앉아 숨을 가다듬었다. 모든 게 적이 된 느낌에 눈물이 날 것 같았다.

──역시 다시 사는 건, 안 돼…….

그건 사이토가 준 세상에서 하나뿐인 반지였다.

사이토가 아카네와 친해지고 싶어서, 어울리지도 않는 공부를 하고 열심히 번역 일을 해서 사 준 것이다.

부재중인 이유를 아카네가 착각해서 화를 내는 사이에도 사이토는 서프라이즈를 위해 침묵을 지켰다.

그만큼 그 선물에는 많은 것들이 담겨 있었다.

설령 모양만 같은 반지를 얻는다고 해도 결코 같다고는 할 수 없다.

──무슨 일이 있어도 찾아야 해. 사이토가 눈치채기 전에.

아카네는 이를 꽉 물었다.


오늘도 아카네는 하트 반지를 찾고 있었다.

방과 후 자습할 여유도 없다. 시험 점수가 떨어져서 사이토에게 참패할지도 모르지만, 이번만은 더 우선시해야 할 일이 있었다.

통학로를 몇 번이나 돌며 그늘진 곳이나 풀숲도 놓치지 않고 철저히 뒤졌다. 파출소엔 매일 전화했고 상가 사람들에게 물어보기도 했다.

하지만 파우치는 전혀 발견될 기미가 없었다.

아카네는 공원 벤치에 걸터앉아 한숨을 내쉬었다.

"하아……."

"후우……."

옆에서도 한숨 소리가 들려와 고개를 드니 시세이가 벤치가 앉아 있었다. 빵 봉지 같은 것을 할짝대고 있다.

"시, 시세이 씨……? 뭐 하는 거야……?"

"한숨 쉬는 연습."

"그래……."

아카네는 자세히 물을 기운도 없었다.

"거짓말. 아카네가 곤란해 보여서 무슨 일일까 하고 찾아왔어."

"딱히…… 곤란한 건 아니야."

시세이에게 사정을 털어놓는다면 사이토의 귀에도 들어가 버릴 것이다.

아카네가 일어서려고 하자 시세이가 말했다.

"걱정할 필요 없어. 오빠한테는 말하지 않아."

"어떻게 사이토한테 말하면 안 된다는 걸 알고 있는 거야?!"

화들짝 놀라는 아카네. 고개를 갸우뚱하는 시세이.

"시세의 심원하고도 숭고한 사고 과정을 듣고 싶어? 보통 사람은 처리 부하를 견디지 못하고 정신이 붕괴할 수도 있지만."

"아니…… 사양할게."

아카네는 정신이 붕괴되고 싶진 않았다. 그렇지 않아도 사이토의 공부 방식을 보고 호조 가문의 인간은 이상하다는 걸 통감한 참이었다.

시세이가 아카네의 오른손을 잡아당겼다. 반지 없는 약지를 바라본다.

"……잃어버렸어?"

"……!"

아카네가 몸을 경직시켰다.

"이, 잃어버리지 않았어. 그렇게 항상 낄 정도로 마음에 들지도 않았고."

"아카네는 마음이 들어 했어. 학교까지 끼고 와서 오빠가 열심히 숨기려고 했어."

"으…… 거기까지 눈치챘어……?"

시세이의 통찰력에 경외심이 들었다. 이 소녀의 겉모습은 고등학생과 동떨어져 있지만, 내면은 반대 방향으로 동떨어져 있는 것인지도 모른다.

시세이가 벤치에서 뛰어내렸다.

"시세도 찾는 거 도와줄게."

"어…… 어째서……?"

자신은 사이토와 시세이의 시간을 방해하려 했었는데.

"아카네는 맛있는 밥을 먹게 해주니까 좋은 사람. 슬퍼하는 건 싫어."

"밥 정도로 좋은 사람이라니 너무 쉬운 거 아니야?"

정신연령이 높은 건지 낮은 건지 잘 모르겠다. 다른 사람과 같은 잣대로 시세이를 재려고 하는 게 잘못된 것인지도 모른다.

"반지를 찾지 못하면 오빠의 집엔 다시 전쟁이 벌어져. 시세는 오빠가 평화롭게 살았으면 좋겠어."

"시세이 씨는 사이토를 정말 좋아하는구나."

"좋아. 시세는 오빠가 정말 좋아."

허리 뒤로 손을 맞잡은 시세이가 긴 머리카락을 반짝이며 솔직하게 말했다. 평소보다 누그러진 표정은 살짝 웃는 것처럼 보였다.

부럽다, 라고 아카네는 느끼고 말았다. 시세이의 솔직함, 귀여움, 주저 없이 한 사람을 사랑할 수 있는 강함에 부러움을 느꼈다.

반 아이들에게 시세이가 큰 인기를 끄는 것은 외모 때문만은 아니다. 소리에도 얼굴에도 드러나진 않지만, 이 아이는 누구보다도 정이 많은 소녀다.

아카네와 시세이는 둘이서 반지를 찾기 시작했다.

반지를 파우치에 넣었던 3학년 A반 교실부터 다시 한번 이 잡듯이 탐색해 나갔다. 교실 휴지통, 청소 도구함, 베란다 등 아카네가 생각하지 못했던 곳까지 시세이는 꼼꼼하게 확인했다. 깨끗한 머리가 더러워지는 것도 신경 쓰지 않았다. 작은 체구를 살려 교정의 빼곡한 나무 틈새까지 거침없이 파고들었다.

그래도 파우치는 찾지 못했다.

해가 떨어지고, 저녁 바람의 쌀쌀한 추위에 시세이가 몸을 움츠렸다. 거리엔 밤 냄새가 짙게 풍겨왔다. 이런 시간에 어린아이를 데리고 다니는 것에 아카네는 미안함을 느꼈다.

애초에 시세이의 호의에 의지하는 것은 잘못이다.

시세이도 그 반지를 갖고 싶어 했다. 아니, 오빠를 온 마음과 정성을 다해 사랑하는 시세이 쪽이 반지를 더 원했을 거다. 시세이였다면 절대로 사이토의 선물을 잃어버리지 않고 진심으로 소중하게 간직해줬을 거다.

그런데도 시세이는 아카네의 실수에 어울려 주었다. 자신의 감정을 뒤로 미루면서까지 사이토와 아카네의 생활을 평온하게 해주려 했다.

이 이상 어리광을 부려서는 안 돼. 그런 건 시세이도 아카네도 괴로운 일이다.

아카네가 어둠 속에서 멈춰 섰다.

"……미안해. 이제 됐어."

"됐어? 반지, 포기할 거야?"

시세이가 눈을 깜빡였다.

"반지는 포기 안 해. 하지만 더는 시세이 씨한테 폐를 끼칠 순 없어. 나 혼자 찾을게."

"혼자 고민하는 건 아카네의 나쁜 버릇."

"이건 내 책임이야. 직접 찾아야 해."

아카네가 손을 꽉 쥐었다.

그래. 전부 내 잘못인 거다. 처음으로 반지 같은 걸 받아서 들떠버린 탓에. 담긴 마음도 허사로 만들고, 멍청한 행동 때문에 짓밟아 버리고.

좀 더 조심했어야지.

좀 더 아꼈어야지.

좀 더, 좀 더……

죄책감과 후회에 온몸이 타오르는 것 같았다.

"오빠한테 상담해 볼래? 오빠는 듬직해서 뭐든 해결해줘."

"그것만큼은 안 돼!"

아카네가 전력으로 고개를 저었다.

사이토에게 알려지면 끝장이다. 정말 싫어하는 반 아이와 결혼해서 서로 필사적으로 양보해 나가며 겨우 조금은 평온하게 살 수 있게 됐는데.

이번에야말로 사이토가 아카네에게 정이 떨어져 두 사람의 관계는 완전히 무너지고 말 것이다.

그렇게 돼도 예전이라면 아무렇지도 않았을 텐데…… 지금은, 그것이 견딜 수 없을 만큼 무서웠다.


사이토는 냉장고에서 만들어 둔 카레를 꺼내 접시에 남아 식탁에 놓았다.

따뜻하게 데워야겠지만 혼자 먹는 저녁에서 굳이 수고를 들일 마음은 없었다. TV 뉴스를 보면서 느릿느릿 카레를 먹는다.

요즘 아카네의 귀가가 늦었다.

평소엔 곧바로 돌아와 열심히 자습했는데 요즘엔 공부에도 소홀한 것 같았다. 이유를 물어도 "너랑은 관계없어"라는 한마디만 남기고 도망쳐 버린다.

심하게 성실한 아카네 한정으로 밤놀이의 가능성은 없

을 것이다. 밖에서 공부하기로 한 건지, 아니면 또 누군가에게 싸움을 걸다 귀찮은 일에 휘말린 건 아닌지, 하는 상상이 부풀어 올랐다.

──그 녀석이 없으면 마음이 편해야 하는데…….

그런데 이 덧없는 기분은 뭘까. 늘 가까이 있던 얼굴이 보이지 않는 것뿐인데 집에 불이 꺼진 느낌이었다.

사이토가 시세이의 저택에 다니며 집을 비운 사이 아카네가 초조해했던 기분을 어쩐지 알 것 같았다. 적어도 아르바이트하고 있다는 정도의 사정은 얘기했어야 할지도 모른다.

생각에 잠겨있던 탓인지 사이토는 숟가락을 세게 물어 버렸다. 입에 번지는 둔탁한 통증. 사이토가 숟가락을 카레 접시에 내려놓고 한숨을 내쉬었다.

그때 현관문 열리는 소리가 났다.

"이제야 돌아왔네. 매일 늦게까지 뭐 하는 거야?"

사이토가 거실에서 복도로 나왔다.

집에 들어온 것은 아카네가 아닌 시세이였다. 구두를 아무렇게나 벗어 던지고 사이토에게 달려든다.

"매일 아무것도 안 해. 그저 하루하루 덧없이 보내고 있어."

"시세구나…….."

사이토는 맥이 빠졌다.

"누구라고 생각했어? 아카네는 아직 안 올 거야."

"아카네가 어디 있는지 아는 거야?"

"몰라."

쿵쿵, 하고 냄새를 맡는 시세이.

"이건…… 전설의 보물, 아카네 특제 해산물 카레 냄새. 아카네한테 카레 냄새가 나서 혹시나 하고 왔는데…… 역시나."

시세이는 탐험대처럼 위풍당당하게 거실이라는 오지로 돌입했다.

"역시 아카네가 어디 있는지 알고 있지."

사이토의 질문도 개의치 않고 시세이는 식탁 위에 놓여 있던 먹다 남은 카레 접시를 보물처럼 들었다.

"발견. 하지만 고대의 에너지를 잃어버렸어. 즉시 의식을 실행한다."

의식의 장소——전자레인지에 카레를 넣어 가열.

식탁 위로 다시 가져와 숟가락으로 카레라이스를 떠서 입 안 가득 넣는다.

"마이써."

"정말 하고 싶은 대로 하는구나, 너."

"세계는 큰 테마파크. 시세는 자유이용권을 갖고 있어."

"틀린 말은 아니지만 네가 그걸 자각하는 건 위험해."

불행 중 다행은 어떤 소원이라도 이룰 수 있는 규격 외의 소녀가 식욕 정도의 욕망만을 갖고 있다는 점인가.

동물의 식사를 방해하면 물릴 수도 있었기에 시세이가

카레를 먹어 치우는 걸 기다렸다가 사이토가 다시 물었다.

"그래서? 아카네가 있는 곳 알려줄 거지?"

"알려줄 수 없어."

사이토가 접시에 묻은 카레를 미련 가득한 얼굴로 핥으려는 시세이에게서 접시를 뺏어 들었다. 고등학생씩이나 됐는데도 예절이 전혀 없었다.

"아카네한테 입막음 당했어?"

"알려줄 수 없어. 시세에게도 긍지라는 게 있어."

시세이는 의연하게 묵비권을 행사했다.

사이토는 냉장고에서 밀폐용기를 꺼내 안에 든 카레를 보여주었다.

"순순히 털어놓으면 한 그릇 더 먹을 수 있어."

"알려줄…… 수 없어…….."

시세이는 부들부들 떨면서 사이토의 얼굴과 카레를 비교했다. 시세이의 입에서는 폭포수 같은 군침이 흘러내리고 있다. 고문의 효과는 뛰어났다.

사이토는 카레를 전자레인지에 데우고, 숟가락으로 떠서, 시세이의 입 가까이 가져갔다. 냄새가 확실하게 풍기도록 코끝 언저리에서 숟가락을 흔들었다.

"자, 빨리 편해지라고…… 사실은 원하는 거지……?"

"원해……."

사이토는 시세이의 목덜미를 손바닥으로 끌어안은 채 속삭였다.

"그럼 솔직해지는 거야. 오빠가 하는 말, 들을 수 있지?"

"시세는…… 오빠가 하는 말, 들어……."

응석 부리듯이 다가오는 시세이. 이제 그녀는 욕망의 포로였다.

"착하지. 아카네는 어디 있어?"

"아움!!"

시세이가 있는 힘껏 숟가락을 와구 물었다.

"잠깐, 멋대로 먹지 마!"

사이토가 숟가락을 빼내려고 했지만, 시세이는 떨어지지 않았다. 자라처럼 물고 늘어지며 숟가락과 함께 휘휘 움직였다.

이러다 이라도 부러지면 곤란했기에 사이토가 어쩔 수 없이 숟가락을 놓았다. 시세이는 소파 뒤까지 도망쳐서 숟가락을 소중하게 핥았다.

"그렇게 맛있냐."

"아카네의 요리는 최고 경지. 그러니 시세는 아카네를 배신하지 않아."

"어느새 그렇게 길들여진 거야."

오빠는 일말의 쓸쓸함을 느꼈다.

"길들여진 게 아니야. 계약이라고 불러야 해."

"길들여진 것보다 강도가 높네……."

사이토는 입을 열게 하는 것을 포기하고 소파에 주저앉았다.

시세이가 밀폐용기에 든 카레를 다 먹어 치웠다. 냉장고에서 우유까지 가져다 마시고는 흡족한 얼굴로 숨을 내쉰다.

"어디 있는지 알고 싶으면 오빠가 직접 스토킹하면 돼."

"들키면 아카네가 미친 듯이 화낼 텐데."

그렇지 않아도 집안이 썰렁한 상황에서 불필요한 위험은 감수할 필요가 없었다.

"괜찮아. 아카네는 화내지 않아. 그럴 겨를이 없을 만큼 필사적이니까."

"그럴 겨를이 없어……? 어째서?"

"비밀."

시세이가 손가락으로 엑스자를 그려 입술에 가져갔다.

다른 정보를 캐내는 건 어려울 것 같지만 아카네가 어떤 트러블에 말려들었다는 것만은 알 수 있었다. 그렇다면 이대로 놔둘 수는 없다.

──내일, 아카네를 미행해 볼까.

사이토는 시세이의 입에 묻은 우유를 닦아 주며 생각했다.


방과 후 사이토는 아카네보다 먼저 교실을 나왔다.

미행에 방해되면 곤란했기에 가방은 빈 교실 사물함에 숨겨두었다.

현관 그늘에 몸을 숨기고 기다리자 아카네가 나타났다. 잔뜩 지친 모습으로 구두를 신고 발을 질질 끌며 교정을 걷는다.

사이토는 아카네에게 들키지 않도록 거리를 벌리고 뒤를 쫓았다.

하늘에는 짙은 구름이 깔리고 희미하게 먼 곳에서부터 천둥소리가 들려왔다. 습기가 차오르며 흙향이 진하게 올라왔다.

사이토는 포켓 사이즈의 접이식 우산을 갖고 있었지만, 미행한다면 비옷이 움직이기 쉬울지도 모른다.

교문을 나서서 한동안 걸어가던 아카네가 땅에 쪼그리고 앉았다.

──몸이라도 안 좋은 건가……?

사이토의 걱정도 잠시, 아카네는 자판기 밑으로 손을 넣어 더듬기 시작했다. 교복이 더러워지는 것도 개의치 않고 끙끙거리며 팔을 뻗는다.

──동전을 찾고 있는 거야, 아카네?! 돈이 없는 건가?!

사이토는 안타까운 마음이 들었다.

아카네가 알뜰한 건 알고 있었고 그 자체는 가정적이고 좋은 부분이라고 생각하지만, 자판기 아래에서 동전을 줍는 건 지나쳤다. 사람으로서 지켜야 할 선을 넘고 있었다.

"오늘도…… 못 찾았어……."

아카네가 분한 얼굴로 중얼거리며 일어났다.

──매일 이런 일을……?

사이토는 눈앞의 광경을 믿을 수 없었다.

할아버지인 텐류에게서 생활비는 들어오고 있는데 왜 아카네는 돈이 궁한 것일까. 학년 제일의 두뇌를 풀가동해도 알 수 없었다.

아카네가 신통치 않은 걸음걸이로 대로변을 따라 걷다가 뒷골목에 들어섰다. 어두컴컴하고 지저분한 길을 두리번거리며 걸어간다.

여기서도 동전을 찾는 건가 싶어 안타까운 사이토였으나 예상은 빗나갔다.

아카네가 커다란 쓰레기통에 다가가 뚜껑을 열고 안을 들여다본 것이다.

──설마…… 식자재를 찾고 있는 건가……?!

사이토는 공포를 느꼈다.

동전 줍기도 문제였지만 음식물 찾기는 더 큰 문제다. 오늘 아침에도 사이토는 아카네가 직접 만든 음식을 먹은 것이다. 만약 아침 식사에 사용된 재료도 쓰레기통산이었다면, 그렇게 생각하는 것만으로도 등골에 오한이 서렸다.

"없어……."

아카네가 작게 한숨을 쉬고 쓰레기통 뚜껑을 닫았다.

그녀의 진의를 알기 위해 시작한 미행이었지만 알아서는 안 될 측면을 목격한 것인지도 모른다. 사이토는 섬뜩함을 느끼면서도 추적을 이어갔다.

골목을 나온 아카네는 민가 앞에서 걸음을 멈췄다.

그 시선 끝에는 개집이 있었는데 얼빠진 얼굴을 한 개가

납작 엎드려 있었다. 플라스틱 사료 그릇 안에 건조 개 사료가 수북이 담겨 있다.

벌벌 떨면서도 아카네가 개집에 다가섰다.

──안 돼, 거기까지 가 버리면! 개 먹이에 손을 대는 건 인간으로서 아웃이야!

사이토가 마음속으로 외쳤다.

아카네는 사료 그릇을 지나쳐 개집 안으로 손을 뻗었다. 담요며 신발, 인형, 개가 모아온 것 같은 잡동사니가 가득 들어 있었다.

"자, 잠깐만 조사하게 해줘⋯⋯."

부탁하는 아카네였지만 개는 침을 뱉으며 짖어댔다.

비명을 지르며 달아나는 아카네. 차도로 뛰어나간 탓에 치일 뻔하자 황급히 인도로 돌아온다. 원망스러운 얼굴로 개집을 돌아보고는 고개를 떨구고 걷기 시작한다.

아무래도 아카네가 찾는 건 동전도 식자재도 아닌 것 같다. 생각해 보면 성실한 그녀가 그런 짓을 할 리가 없다.

──뭔가⋯⋯ 잃어버린 물건이라도 찾는 건가⋯⋯?

사이토는 생각했다.

기억을 거슬러 아카네가 늦게 돌아오기 시작한 전후로 달라진 것은 없는지 비교했다.

등교할 때의 아카네, 학교에서 노트 필기를 할 때의 아카네, 집에서 요리할 때의 아카네 등 다양한 그녀의 모습을 뇌리에 그려나갔다.

"그러고 보니……."

사이토가 퍼뜩 깨달았다.

최근 아카네가 반지를 끼고 있는 것을 보지 못했다.

딱히 몸에 항상 지녀야 할 의무가 있는 것도 아니고, 천적에게 받은 선물 같은 건 쓰고 싶지 않은 걸지도 모르지, 정도로 생각했지만.

만약 아카네가 반지를 잃어버려서 날마다 애타게 찾는 거라면.

그래서 사이토와는 관계없다면서 아득바득 사정을 숨기는 거라면.

아니, 결론을 내기엔 아직 이르다. 이 단계에서 사이토가 따져 물어도 아카네는 결코 사실을 말하지 않을 것이다.

──확실한 증거를 잡아야 해.

사이토는 자신을 타이르며 아카네의 뒤를 따랐다.


해가 저물어도 아카네는 계속 무언가를 찾고 있었다.

거리의 불빛이 희미하게 비치는 수면 위로 파문이 하나, 또 하나 퍼지며 점차 강 전체로 번져나간다.

계속 버티고 있던 먹구름이 부서지며 마침내 비가 하계(下界)를 물들였다.

강가의 제방을 힘없이 걷던 아카네가 무릎을 꿇었다.

"어째서……?"

그녀의 목구멍에서 작은 소리가 새어 나왔다.

"왜…… 왜, 못 찾는 거야……? 내 반지…… 사이토가 준 반지……."

주륵주륵, 눈물이 흘러내렸다.

굵은 빗방울과 함께 대지를 물들인다.

어둠 속에서 가냘픈 어깨가 떨리고 있었다.

──이제 충분하다. 더는 못 보겠어.

사이토가 그늘에서 나와 아카네에게 다가갔다.

"역시 반지구나."

"사이토……!"

아카네가 겁먹은 표정을 지었다. 경악과 죄책감, 그런 것들이 혼란스럽게 뒤섞여 그녀의 얼굴 위로 떠올랐다가 사라진다.

"열심히 찾아줘서 고마워. 이제 됐어. 돌아가자."

사이토가 우산을 아카네에게 씌워주며 손을 내밀었다.

하지만 아카네는 사이토의 손을 잡으려 하지 않았다.

"하나도 안 됐어! 어떻게든 찾아야 해!"

"신경 쓰지 마. 반지라면 다시 사면 돼."

아르바이트는 편하지 않았지만, 아카네가 언제까지고 후회에 잠겨있는 것보단 낫다. 사이토는 고모에게 머리를 숙여 일을 다시 시켜달라고 할 생각이었다.

"그런 문제가 아니야! 사서 다시 되돌릴 수 있는 게 아니라고!"

"왜……."

아카네가 반지가 없는 오른손을 누른 채 힘없이 고개를 숙였다.

날카로운 턱선을 타고 빛으로 물든 물방울이 흘러내렸다.

"그 반지는, 진짜니까……."

"무슨……."

아카네가 사이토를 올려다보며 눈물과 함께 외친다.

"우리의 결혼은 남들이 강요한 거지만, 그 반지만은 네가 준 진짜야! 네 마음이야! 날 생각해서, 나랑 사이좋게 지내고 싶은 마음에 네가 처음으로 애써준 거라고! 그러니 꼭 되찾아야 해!"

"…………읏."

사이토는 숨을 삼켰다.

그래, 자신은 처음으로 애썼다. 평소에는 노력 따윈 하지 않고 그럴 필요도 없는 자신이.

어울리지도 않게 아카네가 웃었으면 하는 마음에, 그녀를 웃게 할 방법을 찾았다.

그런 마음이 아카네에게도 전해졌다.

그런 마음을, 아카네는 소중히 간직해 주었다.

기쁜 데도 어쩐지 마음 한구석이 아팠다.

"너란 녀석은…… 정말 고집불통이야."

"하지만…… 하지만……."

아카네가 어깨를 움츠리고 흐느껴 울었다.

웃는 얼굴이 사랑스러운 소녀지만, 그 우는 얼굴은 아름다웠다.

비에 젖어 윤기를 더한 머리카락, 하얗게 타오르는 뺨이 가로등에 비쳐 떠올랐다.

사이토가 아카네의 손을 잡고 일으켜 세웠다.

"그렇다면 나도 찾을게. 반지는 언제 잃어버렸어?"

"반지를 학교에 끼고 갔던 날…… 분명 파우치에 담아서 가방에 넣었는데, 집에 가니까 파우치째로 사라진 상태이었어……."

"그렇군."

"짐작 가는 곳은 전부 조사했는데 세세한 부분까지는 기억이 나질 않아서……."

작게 미소를 흘리는 사이토.

검지를 관자놀이에 갖다 대며 당당하게 말한다.

"내 기억력을 얕보지 마. 그날은 하교하고 돌아오는 길에 너랑 같이 쇼핑했어. 너랑 같이 다녔던 길, 들렀던 가게, 멈춰 선 곳…… 모든 건 이 머릿속에 들어있어."

사이토는 눈을 감고 그날의 기억을 되살려냈다.

개시 시각은 아카네가 반지를 뺀 지점으로 설정.

종료 시각은 귀가한 지점으로 설정.

뇌의 깊은 곳에 자고 있던 모든 영상 데이터를 고정밀로 끌어올렸다.

지나가던 쇼윈도의 포스터 글씨체까지 세세하게 복원된다.

부모나 반 아이들에게 꺼림칙하게 여겨졌던 이 기억력도, 한 소녀의 눈물을 닦아줄 순 있었다.

그 기억력을 부럽다고 말해준 소녀를 위해 사이토는 자신의 재능을 발휘했다.

뇌리에서 몇 번이나 영상을 빨리 감거나 되감거나 해보자 신경 쓰이는 부분이 있었다.

"……그날 아카네는 카페에 들어갈지 말지 망설이다가 가게 앞에서 지갑을 확인했지?"

"어, 그, 그랬었나……?"

"멀리 있는 카페가 10엔 싸다고 고민했으니까. 그렇게까지 절약하지 말라고 내가 설득해서 가게에 들어갔어."

"전혀 기억 안 나……."

사이토는 관자놀이를 손가락으로 문질렀다.

"내 생각엔 돌아오는 길에 네가 학생 가방을 연 건 그때랑 입을 닦으려고 손수건을 꺼냈을 때, 길고양이 사진을 찍으려고 할 때, 마트에서 물건을 샀을 때 총 네 번이었어."

"세고 있었어?"

흠칫 놀라는 아카네.

"방금 센 거야. 그리고 카페 앞에서 가방을 열었을 때 외에는 아무것도 떨어지지 않았다는 걸 방금 내 눈으로 확인했어. 즉……."

"반지는 카페 근처에 있을지도 모른다?"

"그래. 이리 와!"

사이토가 아카네를 데리고 걷기 시작했다.

같은 우산 아래에서 몸을 움츠리고 있는 아카네는 불안한 얼굴이었다. 절망에 짓눌린 그녀는 작은 희망에 매달리는 것조차 무서운 것 같았다.

"괜찮아. 꼭 찾을 거야."

"으, 응……."

사이토의 말에 아카네의 몸에서 약간 힘이 빠졌다.

어느새 비가 그치고 길가에 사람들의 숨결이 되살아나고 있었다.

구름 사이로 청명한 달이 비쳐들었다.

사이토는 상가에 들어가 그때 갔던 카페에 당도했다. 이미 가게는 닫혀 있고, 방범용으로 켜진 희미한 불빛만이 플로어를 채우고 있었다.

가방을 열 때 아카네가 서 있던 위치. 그건 도랑 바로 옆이었다.

빗물이 흘러가고 있는 도랑, 캄캄한 심연을 향해 사이토는 주저 없이 손을 뻗었다.

"잠, 잠깐만, 사이토?"

"……………………………………………………………있다."

확실한 감촉을 어둠 속에서 움켜쥐었다.

나타난 것은 누가 봐도 아카네의 파우치.

안을 열자 하트 반지가 나왔다. 방수성이 높은 것인지 얼룩도 녹도 슬지 않고 힘차게 반짝이고 있다.

아카네는 믿을 수 없다는 듯 눈을 크게 떴다.

"정말 찾았어…… 이렇게 한순간에……."

"큭큭큭…… 나는 천재니까. 네가 시험에서 이기지 못하는 이유, 이제 알았지?"

사이토는 악역처럼 웃어 보였다.

침울해진 공기를 날려버리려고 과감하게 아카네를 도발해 보았다.

"고마워!!"

아카네는 화를 낼 여유도 없는 것인지 그대로 사이토에게 달려들었다. 팽팽하던 실타래가 끊어진 걸까, 사이토를 있는 힘껏 끌어안고 훌쩍훌쩍 울고 있다.

──못 말리는 녀석이네…….

사이토는 기분이 이상해지는 느낌이었다. 아카네에게 밉살스러운 말을 듣는 것에만 익숙해져서 솔직한 행동에는 어떻게 반응해야 할지 알 수 없었다.

달빛이 두 사람을 비추고 있다.

아카네가 진정되길 기다렸다가 사이토는 그녀의 왼손을 잡았다. 아카네는 사이토가 만져도 도망치려 하지 않고 그저 조용히 기다리고 있다.

비를 맞은 그녀의 손은 처량할 정도로 차가웠다.

그 가는 약지에 사이토가 반지를 살짝 끼워주었다.

"이제, 잃어버리지 마."

"응. 절대."

아카네가 눈물 젖은 눈으로 부드럽게 미소 지었다.

사이토와 아카네가 함께 밤길을 돌아갔다.

"……반지, 여동생한테도 보여주고 싶었어."

불쑥 중얼거리는 아카네.

"이제 못 만난다……라고 했었지."

"응……. 굉장히, 멀리 가 버려서……. 하지만 보여주고 싶어. 그 애는 귀여운 걸 무척 좋아하니까 굉장히 마음에 들어 했을 거야."

"…………………."

쓸쓸한 눈빛을 하는 아카네의 모습에 사이토의 심장이 덜컹거린다. 여동생을 잃은 그녀의 마음이 치유되는 날은 올까. 자신은 무엇을 할 수 있을까. 알 수 없었다.

작은 접이식 우산으로 어울리지도 않게 한 우산을 쓰고 온 탓일까. 집에 돌아온 두 사람은 감기에 걸리기 직전이었다.

아카네가 또 쓰러지면 큰일이었기에 먼저 목욕을 시키고 사이토는 거실 에어컨으로 난방을 틀었다. 팬에서 뿜어 나오는 온풍에 지친 몸이 녹아들었다.

교대로 목욕을 마치고 사이토가 머리를 말리고 있는데 아카네가 거실로 왔다.

복도 쪽 문에서 얼굴만 내밀고 머뭇거린다.

"왜 그래?"

"저, 저기……. 반지를 끼는 손가락의 의미를 인터넷에서 찾아봤는데…….”

“의미……?”

사이토는 불길한 예감이 들었다.

아카네가 스마트폰 화면을 사이토에게 내밀었다.

표시된 기사에 적힌 건 “약혼반지와 결혼반지는 기본적으로 왼손 약지에 착용합니다. 그 의미는 『영원한 사랑과 인연』입니다♥”라는 문장.

아카네가 뺨을 붉히며 물었다.

“내, 내가 반지 잃어버리기 전에는 오른손에 끼고 다녔지? 네가 일부러 왼손에 끼워줬다는 건…… 그런 의미야……?”

“아, 아니…….”

사이토는 온몸이 수치심으로 타오르는 것 같았다.

──무의식적으로 한 행동일 뿐인데 나는 그럴 생각이었던 건가?! 설마! 절대 아니야! 상대는 폭주 드래곤이라고?! 사랑이니 인연 같은 게 있을 리가 없어!

사이토가 소파에서 일어났다. 목욕을 마쳤는데도 대량의 땀이 흐르고 있었다. 이 치명적인 실수를 어떻게든 정정해야 한다.

“조, 좋아…… 다른 손가락에 다시 끼자. 그러면 모든 게 해결이야.”

“만지지 마, 변태!”

사이토가 손을 뻗었지만, 아카네는 빠르게 물러난다.

“변태가 아니야! 반지 위치를 바꾸려는 것뿐이야!”

"그렇게 말하면서 혼잡을 틈타 옷을 벗기려는 거지?!"

"너무 억지스럽잖아! 전혀 혼잡하지도 않아!"

"혼잡한 걸 따지지도 않고 공연음란죄를 저지른다는 거야?!"

"그런 말 안 했어!"

거실을 도망치는 아카네, 필사적으로 뒤쫓는 사이토.

밤늦은 시간이라 이웃에 폐를 끼칠 수도 있었지만, 오늘만큼은 양해를 구하고 싶었다. 여기엔 사이토의 명예와 안녕과 미래가 달려 있기 때문이었다.

테이블을 사이에 두고 두 사람이 서로 대치했다.

사이토가 입술을 비틀며 웃는다.

"큭큭큭…… 도망쳐도 소용없어……. 어차피 잘 때는 같은 침대라고…… 어쨌든 부부니까……."

"악마! 내가 자는 동안 무슨 짓을 할 생각이야……?"

아카네가 울먹이며 몸을 감싸 안았다.

"별거 아니야…… 잠깐 반지를 다시 끼우는 것뿐……."

"그럼 난 언제든 사이토의 손가락을 잘라버릴 수 있도록 가위를 들고 자겠어!"

"무서워!"

손을 내밀면 손을 잘린다. 정당방위는 고사하고 과잉방위조차 초월한 오버킬. 역시 이 폭주 드래곤에게 사랑을 속삭이다니, 천지가 뒤집혀도 불가능하다.

아카네가 얄밉게 턱을 치켜들었다.

"이건 내 물건이야! 네가 절대 만지게 하지 않을 거야!"

"내가 준 선물이다!"

세상의 부조리에 사이토는 한탄했다.

"뭘 착각하는 거야? 이건 내가 산 건데?"

"억지로 기억 조작하지 마!"

아카네가 손을 허리에 얹고 선언했다.

"이 반지를 원한다면 우선 나를 쓰러뜨려 봐!"

"쓰러뜨리라니 뭐야……."

아무래도 아카네에게 반지를 탈환하긴 힘들 것 같다. 완전히 사수하는 자세를 취하고 있고, 이 이상 분란을 일으켜서 집안이 전쟁터가 되는 것도 곤란했다.

"앗, 전화 왔다."

스마트폰에 벨소리가 울리고 아카네가 전화를 받았다.

친한 상대인 건지 즐겁게 대화하면서도 스마트폰을 쥔 왼손 약지를 소중하게 쓰다듬고 있다.

그런 아카네의 모습을 보고 있으려니 사이토는 "뭐, 상관없나"하는 마음이 들고 말았다. 이상하게 가슴 안쪽이 간지럽고 부산스러운 느낌이었지만 나쁜 기분은 아니었다.

사이토는 예전에 책을 읽은 적이 있다.

왼손 약지에 끼는 반지에는 또 다른 의미가 있다.

그것은── 진심으로 수용한다.


"그럼 지금부터 일본으로 갈게. 만나는 거 기대하고 있을게, 언니."

아카네와의 전화를 끊고 소녀는 국제공항 터미널에 섰다.

노출이 많은 복장에 데코레이션 가득한 스마트폰. 분홍색 캐리어 가방에는 전 세계의 스티커가 붙어 있다.

만인을 끌어당기는 듯한 미모에 남자들이 말을 걸기 위해 몰려들었다. 하지만 소녀에게 쓰레기를 보는 듯한 시선을 받고 자존심이 갈기갈기 찢긴 채 도망쳐 버린다.

언니가 결혼했다는 말에 소녀는 부모님의 농담인 줄 알았다. 아카네는 연애 놀이에 빠질 사람이 아니었기에 줄곧 혼자일 거라 생각했기 때문이다.

그런데, 도대체 일본에서 무슨 일이 벌어지고 있는 걸까.

언니와 결혼했다는 호조 사이토는 어떤 남자일까.

"고등학생인데 결혼이라니 말도 안 돼. 내가 전~부 빼앗아줄게."

소녀, 사쿠라모리 마호는 어린 악마처럼 쿡쿡 웃었다.

# 후기

성의에 성의로 응하려고 해도 힘들 때가 있습니다.

선의와 선의가 서로 부딪쳐서 싸우게 되는 일도 있습니다. 좋은 사람만 있다고 싸움이 전혀 일어나지 않는가 하면 또 그렇지도 않으니, 중요한 것은 대화를 끈기 있게 포기하지 않는 것인지도 모릅니다. 거기서 필요한 건 상대의 입장이나 가치관, 감정을 상상해보는 것입니다.

이번 권의 사이토와 아카네는 서로에게 성의를 보이려 애썼습니다. 그 노력은 앞으로 두 사람의 관계에 크나큰 밑거름이 될 것입니다.

덕분에 『반에서 가장 싫어하는 여자애와 결혼하게 되었다』도 세 번째 권이 되었습니다. 1권과 2권은 증쇄도 결정되었고 만화판 연재도 진행 중입니다. 거기다 수면용 음성 작품도 제작해주시고 있는 것 같습니다. 저도 경청해 보았는데 하마터면 업무용 의자에서 곤히 잠들 뻔했습니다. 강력한 수면용 보이스이니 괜찮다면 이쪽도 들어봐 주신다면 좋겠습니다.

요즘은 애니메이션 테두리에도 '반여결' 광고가 나오고, 여러분들의 성원 덕분에 감사한 나날을 보내고 있습니다. 일에 지쳐서 "더는 못하겠다……"라는 순간에도 독자에게 편지나 감상 메시지를 받으면 힘이 나서 "좋아, 조금만 더

힘내자"로 바뀌는 일도 자주 있습니다. 정말 감사합니다.

담당 편집자님, N님, 변함없는 도움에 정말 감사드립니다. 이 편집자님이라면 틀림없다는 생각에 안심하고 작품을 맡길 수 있습니다.

MF문고 J편집부 여러분, 출판 업계 여러분. 페어라는 이름이 붙은 곳이라면 어디든 내주시는 것 같습니다. 여름 스포츠 페스티벌에서는 무려 '반여결'과 의붓여동생 생활이 광고 일러스트 센터에. 값진 응원 진심으로 감사합니다.

일러스트레이터 나루미 나나미 선생님. 아카네의 데이트 의상이 너무 아름다웠습니다. 언제나 기대를 훨씬 뛰어넘어 오버킬하는 일러스트를 그려주셔서 감사합니다.

만화가 모스콘부 선생님. 와일드한 각본의 의도를 완벽하게 포착한 만화를 그려주셔서 감사합니다. 매월 만화 연재를 보는 것이 요즘의 보람입니다.

또 다른 중요 인물도 나타나며 한층 더 가속하는 천적 부부의 결혼 생활. 앞으로도 열심히 집필할 테니 앞으로도 응원 부탁드립니다.

여름이 시작되는.
2021년 7월 17일

아마노 세이주

CLASS NO DAIKIRAI NA JOSHI TO KEKKONSURUKOTO NI NATTA. 3
©Amano Seiju 2021
First published in Japan in 2021 by KADOKAWA CORPORATION, Tokyo.
Korean translation rights arranged with KADOKAWA CORPORATION, Tokyo.

**반에서 가장 싫어하는 여자애와 결혼하게 되었다. 3**

2022년 8월 15일 1판 1쇄 발행

저　　　자 아마노 세이주
일 러 스 트 나루미 나나미
캐릭터원안 모스콘부
옮 긴 이 이소정
발 행 인 유재옥
본 부 장 조병권
편 집 1 팀 김준규 김혜연 박소연
편 집 2 팀 박치우 정영길 정지원 조찬희
편 집 3 팀 곽혜민 오준영 이해빈
라이츠담당 맹미영 이윤서 이승희
디 지 털 김지연 박상섭 최서윤
미　　　술 김보라 박민솔
발 행 처 ㈜소미미디어
인쇄제작처 ㈜코리아피엔피
등　　　록 제2015-000008호
주　　　소 서울시 마포구 토정로222, 403호 (신수동, 한국출판콘텐츠센터)
판　　　매 ㈜소미미디어
마 케 팅 박종욱
영　　　업 최원석 최정연 한민지
물　　　류 백철기 허석용
전　　　화 (02)567-3388, Fax (02)322-7665

ISBN 979-11-384-3358-7 04830
ISBN 979-11-384-0841-7 (세트)